KB038494

바다소

□ 葫芦

Copyright ⓒ 1995 by Cao Wen Xuan
Korean Translation Copyright ⓒ 2018 by Darim Publishing Co., Ltd.
This translation is published by arrangement with Cao Wen Xuan
through Carrot Korea Agency, Seoul.
All rights reserved.

이 책의 한국어판 저작권은 캐럿 코리아 에이전시를 통해 Cao Wen Xuan과 독점 계약한 도서출판 다림에 있습니다.
저작권법에 의해 한국 내에서 보호를 받는 저작물이므로 어떠한 형태로든 무단 전재와 무단 복제를 금합니다.

바다소

차오원쉬엔 소설집
양태은 옮김

다림

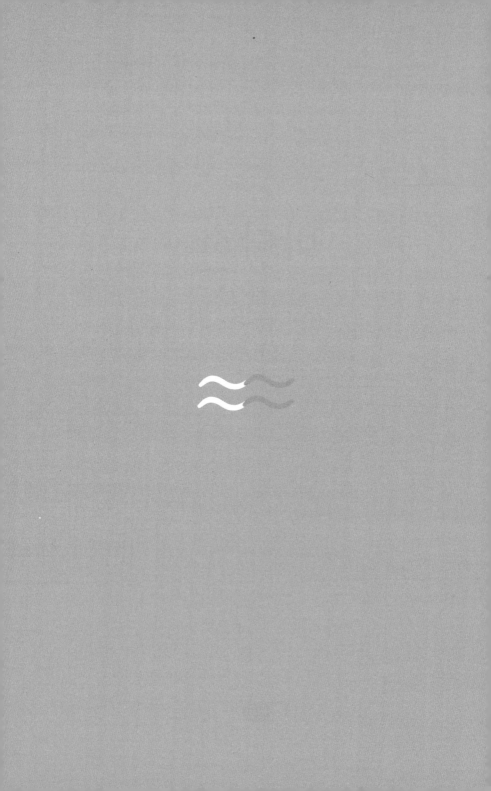

차례

빨간 호리병박

뉴뉴는 강의 유혹을 떨칠 수가 없었다.
강물 속으로 뛰어들 생각에
뉴뉴의 가슴이 마구 뛰었다.
따가운 햇볕에 발갛게 달아오른
뉴뉴의 얼굴은 더욱 빨개졌다.

대문만 나서면 뉴뉴는 언제나 완이라는 남자아이가 선명한 빨간 호리병박을 품에 안고 헤엄치는 모습을 볼 수 있었다. 뉴뉴는 언제나 완을 보고도 못 본 척했다. 집을 나선 뉴뉴의 눈에 완의 모습이 들어오면, 그녀는 고개를 돌려 울타리를 기어 올라가는 오이 덩굴이나 작은 나뭇가지에 매달린 동글동글한 새집에 눈길을 주곤 했다.

하지만 뉴뉴의 귀만큼은 완이 물장구를 치는 힘찬 소리에 귀를 기울일 수밖에 없었다. 그리고 그 소리에 이끌려 그녀의 눈길도 어느덧 물장구를 치는 완에게 향하곤 했다. 물론 완을 쳐다보면서도 표정은 언제나 무관심을 가장하고 있긴 했지만 말이다.

뉴뉴는 완에 대해 아는 것이 거의 없었다. 알고 있는 것이라고는 완의 아버지가 근방 100여 리에서 아주 유명한 사기꾼이라는 사실뿐이었다.

큰 강은 길디길고도 넓디넓었다. 뉴뉴의 집과 완의 집은 멀리서 서로 마주 보고 있었다. 강 이편에는 뉴뉴의 집 한 채뿐이었고, 강

저편에는 완의 집 한 채뿐이었다. 마치 끝도 없는 세상 속에 그 집 두 채만이 외떨어져 있는 것 같았다.

큰 강은 종일 잔잔히 흘러갈 따름이었다. 가끔씩 멀리서 끼기긱거리는 봉선*의 노 젓는 소리가 들려왔지만, 그 소리는 적막 속에서 더 크게 울리며 강 끝 너머로 천천히 사라져 가곤 했다.

여름이면 강의 양쪽 기슭을 뒤덮은 갈대만이 소리 없이 하늘을 찔러, 이편에서 저편을 바라보면 맞은편 집의 지붕 끝자락만 보였다.

매일 해가 뜰 무렵이면, 완은 갈대숲을 가르며 강가에 나타났다. 그는 먼저 빨간 호리병박을 강물 속에 던져 넣은 후, 이내 물속으로 뛰어들었다. 물은 조금 차가웠다. 완은 과장된 몸짓으로 온몸을 떨더니 하늘을 향해 한껏 소리를 질렀다. 그러고는 자맥질 치며 물속으로 들어가서는, 있는 힘껏 손과 발을 저으며 첨벙대는 소리를 냈다.

푸른 물 위에 떠 있는 빨간 호리병박은 갓 솟아오른 작은 태양처럼 반짝거렸다. 이 고장의 아이들은 항상 햇볕에 잘 말린 커다란 호리병박을 손에 쥐고 헤엄을 쳤다. 그것은 말하자면 도시 아이들이 사용하는 튜브와도 같은 것이었다. 배에서 살아가는 아이들의 허리춤에도 언제나 호리병박이 매달려 있었다. 실수로 물에 빠졌을 때를 대비하기 위해서였다. 호리병박에 새빨간 칠을 해 놓은 것도 눈에 잘 띄어 쉽게 찾도록 하기 위해서였다. 물 위에 떠 있는 빨간 호리병박은 너무나도 눈부시게 반짝거려서 똑바로 쳐다볼 수 없을 정도였다.

*봉선(蓬船) 햇빛이나 비, 바람, 추위 등을 막기 위해 대나무나 갈대 거적, 천 등으로 만든 덮개를 씌운 배.

완이 헤엄치는 모습은 근사했다. 두 손으로 힘껏 물살을 헤쳐 나갈 때면 하늘 높이 물보라가 튀어 올랐고, 재빨리 몸을 틀어 방향을 바꿀 때면 커다란 파문이 일면서 물결이 둥그렇게 그를 감싸 안았다. 하늘로 솟구친 물보라는 얇디얇은 폭포를 이루었는데, 그 폭포는 햇살 아래서 무지갯빛으로 반짝였다.

뉴뉴의 새까만 눈동자는 그 모습과 그 소리, 그리고 그 아름다운 색깔들이 뿜어 내는 유혹을 차마 떨쳐 버릴 수가 없었다. 그녀는 강쪽을 바라볼 수밖에 없었다. 뉴뉴는 무지갯빛 폭포에서 눈길을 뗄 수가 없었고, 발가벗은 완의 모습과 그의 빨간 호리병박에서 눈길을 뗄 수가 없었다.

완은 강가에 있는 한 쌍의 눈동자가 언젠가는 자신을 쳐다보리라는 사실을 알고 있었다. 그래서 그는 더욱더 힘차게 자신의 수영 실력을 과시하곤 했다.

완은 발가벗은 모습으로 물 위에 누웠다. 한 팔은 팔베개를 하고 다른 한 팔로는 호리병박의 허리춤을 단단히 틀어쥔 채로 누워 있으니, 마치 큰 침대에 누워 잠을 자는 것처럼 온몸이 편안했다. 그는 온몸에 부딪히는 잔잔한 강물의 흐름을 만끽하며 물결과 함께 천천히 흘러갔다.

그 모습을 본 뉴뉴는 알지 못할 어떤 경이로움에 사로잡혔다. 하지만 그녀는 자신이 느끼는 경이로움이 저 강물이 보여 주는 부력 때문인지, 아니면 저렇게 편안하게 물 위에 누워 있을 수 있는 완의 수영 실력 때문인지는 알 수 없었다.

바람의 방향 때문에 완은 뉴뉴가 서 있는 쪽으로 천천히 다가오고 있었다. 뉴뉴는 처음으로 완의 모습을 제대로 볼 수 있게 되었다. 가까이서 본 완의 첫인상은 별로였다. 깡마른 데다 그다지 잘생긴 얼굴도 아니었다.

완은 이제 막 잠에서 깨어난 것처럼 기지개를 켰다. 그러고는 다시 물속으로 퐁당 뛰어들어 갔다가 빙글빙글 돌더니, 이내 다시 물위로 떠올랐다. 물 위로 올라온 완은 뉴뉴를 힐끗 쳐다보았다. 뉴뉴가 자기에게 주의를 기울이고 있다는 생각이 들자, 완은 앞으로 헤엄쳐 오면서 휙 하고 등을 구부려 물속으로 곤두박질쳐 들어갔다. 하지만 쇠꼬챙이처럼 깡마른 두 다리는 수면에 꼿꼿이 서 있었다. 뉴뉴는 그 모습이 우스워 웃음을 터뜨렸다. 하지만 물속에 머리를 박고 있는 완은 그 모습을 볼 수가 없었다.

그때 잠자리 한 마리가 완에게로 날아왔다. 꼼짝도 않고 있는 완의 깡마른 두 다리를 대나무 작대기쯤으로 여긴 모양이었다. 힘겨운 날개를 쉬기라도 할 양인지 잠자리는 몸을 비스듬히 하여 천천히 완의 다리를 향해 날아가더니 발바닥 한가운데에 살며시 내려앉았다.

잠자리의 작고 미세한 발톱이 발바닥에 닿자, 완은 간지러움을 참을 수가 없었다. 순간 완은 몸을 뒤집어 물 위로 튀어 올랐다. 물위로 머리를 내민 완은 물을 털어 내려고 머리를 힘껏 휘저었다. 그바람에 사방으로 물방울이 튀었다. 그리고 물방울들과 함께 완의두 눈망울도 반짝반짝 빛났다.

그 모습은 참으로 인상적이었다. 완은 입을 쑥 내밀고는 아주 쾌

활하게 물을 뿜어 댔다.

그 모습을 본 뉴뉴가 강 쪽으로 다가왔다. 그러자 완은 천천히 잠수를 하더니 마침내 자취를 감추어 버렸다.

뉴뉴는 완의 모습을 찾아 강 여기저기를 훑어보았다. 그때만 해도 뉴뉴는 아무런 생각이 없었다. 그런데 완은 물속에 들어가서 한참 지났는데도 물 위로 떠오르지 않았다.

물 위에는 빨간 호리병박만 외로이 떠 있었다. 뉴뉴는 갑자기 무서운 생각이 들었다. 자리에서 벌떡 일어난 뉴뉴는 눈동자를 재빨리 굴리며 완의 모습을 찾아 물 위를 이리저리 훑어보았다. 하지만 여전히 빨간 호리병박만 보일 뿐이었다.

큰 강물은 죽은 듯이 고요했다.

"엄마! 엄마!"

뉴뉴가 고함을 쳤다.

집 뒤편에서 뉴뉴의 엄마가 걸어 나왔다.

"뉴뉴!"

"엄마! 엄마!"

"뉴뉴, 왜 그러니?"

"걔가……."

그때 근처의 연잎 사이로 미소 띤 얼굴 하나가 불쑥 솟아올랐다. 순간 뉴뉴는 큰 소리가 터져 나오려는 자신의 입을 두 손으로 막아 버렸다.

"뉴뉴, 왜 그러냐니까?"

엄마가 다가오며 물었다.

뉴뉴는 몸을 돌려 엄마에게로 걸어갔다.

"무슨 일이니?"

엄마가 다시 물었다.

하지만 뉴뉴는 고개를 가로저으며 곧장 집으로 들어가 버렸다.

그 후 며칠 동안 완은 뉴뉴를 볼 수 없었다. 아무리 첨벙첨벙 물소리를 내도, 아무리 소리를 질러도 뉴뉴는 강가로 나오지 않았다.

뉴뉴가 나와 주기를 포기할 즈음, 완은 빨간 호리병박을 안고 예전에 자주 가던 강 한가운데 작은 섬으로 향했다.

그 섬은 정말 작디작았다. 그 섬은 뉴뉴를 만나기 전까지만 해도 완 혼자서 온종일 시간을 보내던 곳이었다. 그가 거기서 도대체 뭘하며 시간을 보내는지는 아무도 알 수 없었다.

한편 뉴뉴는 강가에 나오지는 않았지만, 언제나 문 뒤에 숨어서 완이 하는 모든 행동을 지켜보았다. 그리고 자신이 강가에 나오기를 완이 바라고 있다는 사실도 알고 있었다.

그렇게 또 며칠이 지났다. 이제는 완도 뉴뉴가 강가에 나오리라고는 기대하지 않게 되었다. 강가로 나온 완은 조금도 머뭇거리지 않고 곧장 작은 섬으로 향했다. 그런데 그때 뉴뉴가 대나무 작대기 하나를 들고 강가에 나타났다. 빨간 윗도리를 입은 뉴뉴는 바지 자락을 무릎까지 걷어 올리고 있었다.

맞은편 강가에 앉아 있던 완은 빨간 호리병박을 옆에 둔 채 뉴뉴를 바라보았다.

강가로 걸어 나온 뉴뉴가 대나무 작대기로 마름 잎사귀들을 뒤적거리자, 마름 열매가 모습을 드러냈다. 뉴뉴는 작대기를 이용해서 마름을 자기 쪽으로 끌어당긴 뒤, 빨간 마름 열매를 땄다. 하지만 대부분의 마름들은 대나무 작대기로도 닿지 않는 먼 곳에 있었다. 발뒤꿈치를 들고 한껏 팔을 뻗어 가며 한참 애를 쓴 후에야, 뉴뉴는 마름 열매 몇 개를 간신히 손에 넣을 수 있었다.

그 모습을 본 완은 호리병박을 품에 안고 물속으로 뛰어들었다. 완은 가뿐하게 헤엄치며 뉴뉴가 있는 쪽으로 다가왔다. 뉴뉴는 대나무 작대기를 손에 쥔 채 완이 가까이 오는 모습을 보고 있었다.

마름이 있는 곳까지 헤엄쳐 온 완은 커다란 연잎 하나를 따더니, 마름 잎사귀를 뒤적이며 마름 열매를 찾아다녔다. 마름 열매는 큰 것이 좋긴 하지만, 양쪽으로 굽은 모양이 예쁘고 그 끝이 뾰족해야 잘 익은 것이다. 완은 마름 잎사귀 사이를 뒤적이면서 그렇게 잘 익은 것만 골라 딴 후, 그것을 연잎으로 쌌다. 새파란 연잎 위에 순식간에 새빨간 마름 열매들이 한 무더기 쌓였다. 연잎 위에 더 이상 담을 수 없게 된 다음에도, 완은 몇 개를 더 따서는 두 손에 담아 들고서 뉴뉴가 있는 쪽으로 다가왔다. 그는 열매가 쏟아지지 않게 천천히 걸음을 옮기며 물 바깥으로 나왔다.

확실히 완은 깡마른 체구였다. 가슴 양쪽으로 나란히 드러난 갈

비뼈가 선명하게 보일 정도였다. 게다가 햇볕에 그을려 아주 새까맣게 보였다. 마른 체구에 새까만 완의 모습은 정말 보잘것없었다.

완은 뉴뉴를 향해 마름 열매가 든 두 손을 내밀었다. 하지만 뉴뉴는 손을 내밀지 않았다. 완은 마름 열매를 뉴뉴의 발 아래 가만히 내려놓고는 뒤돌아 강 쪽으로 걸어가 버렸다. 뉴뉴는 가냘픈 그의 등을 바라보며 꼼짝 않고 서 있기만 했다.

빨간 호리병박을 안고 있는 완의 눈동자에는 뭔지 모를 진심이 가득 차 있는 것만 같았다.

뉴뉴는 천천히 무릎을 꿇고 앉아 두 손으로 연잎을 받쳐 들었다. 그 순간 완의 눈동자가 감격으로 빛났다.

"뉴뉴!"

엄마가 부르는 소리에 뉴뉴는 대답하지 않았다.

"뉴뉴!"

엄마가 자신을 찾으려고 이쪽으로 오고 있었다. 뉴뉴는 손 위에 놓인 마름 열매만 쳐다보면서 어쩔 줄 몰라 했다.

"뉴뉴, 어디 있니?"

뉴뉴는 마름 열매를 원래 있던 자리에 다시 내려놓고는 몸을 돌려 엄마에게 소리쳤다.

"저 여기 있어요!"

"뉴뉴, 어서 와라. 엄마랑 외할머니 댁에 가게."

강기슭을 기어 올라가던 뉴뉴는 고개를 돌려 완을 한 번 쳐다보고는 다시 고개를 숙인 채 엄마에게로 걸어갔다.

집으로 들어가면서 뉴뉴는 엄마에게 물었다.

"엄마, 쟤네 아빠가 정말로 사기꾼이에요?"

"누구 말이니?"

뉴뉴는 손가락으로 강 건너편을 가리켰다.

"걔네 아빠는 감옥에 들어간 지가 벌써 3년이나 됐어."

뉴뉴가 다시 고개를 돌려 강 쪽을 바라보았을 때는 완이 저만치서 헤엄치는 모습만 보였다. 완은 빨간 호리병박을 안고 강 한가운데 있는 작은 섬을 향해 가고 있었다.

뉴뉴는 예전과 마찬가지로 매일매일 강가에 나왔다.

완은 뉴뉴에게 강의 매력을 보여 주려는 듯했다. 그리고 그 강 속에서 자유롭게 헤엄치는 자신을 한껏 과시함으로써 뉴뉴를 은근히 매료시켰다. 때로는 뉴뉴에게 잘 보이기 위해 의식적으로 멋진 자세를 취하기도 했다.

여름은 점점 깊어 가고 대지는 뜨거울 대로 뜨거워졌다. 한낮이 되면 짙푸른 갈대들도 더위에 지쳐 고개를 숙였다. 그늘 속에서 아낙네의 베 짜는 듯한 쇳소리가 흘러나와 한낮의 열기와 건조한 적막을 더욱 짙게 만들었다. 7월의 높푸른 하늘 아래는 온종일 열기만이 춤을 추었다.

차가운 강물이 뉴뉴를 유혹했다. 뉴뉴는 강 속으로 뛰어들고 싶었다.

"넌 왜 종일 물속에만 있니?"

뉴뉴가 완에게 물었다.

"물속이 얼마나 시원한데."

"정말로 그렇게 시원해?"

"못 믿겠으면 너도 들어와 봐."

뉴뉴는 몸을 돌려 강기슭으로 올라갔다. 그러고는 엄마가 저쪽으로 멀어지는 것을 확인하고서야 다시 강가로 돌아왔다.

"안 깊어?"

"가운데는 깊지만, 나머지는 모두 얕아. 밑바닥도 모래라서 아주 부드러워."

완은 물속에 서서 뉴뉴에게 물 깊이를 확인시켜 주었다. 물은 허벅지가 잠길 정도였다.

그때 갈대숲에서 털이 보송보송한 새끼 오리들이 떼 지어 몰려나왔다. 새끼 오리들은 가볍게 몸을 날려 물속으로 뛰어들더니 유연하게 헤엄쳤다. 조그만 부리로 물을 쪼아 대면서 가끔씩 온몸에 물방울을 튀기는 모습은 참으로 앙증맞았다. 새끼 오리들의 보드라운 털 위로 떨어진 물방울들은 반짝이는 구슬처럼 또르르 흘러내렸다.

청개구리 한 마리가 앉아 있는 연잎 위로 산들바람이 한차례 불어왔다. 바람결에 흠칫 놀란 청개구리가 물속으로 뛰어들었다. 연잎 위에 있던 물방울들이 청개구리를 좇아 또르르 굴러떨어지며 맑은 물소리를 냈다.

강 위로 맑은 기운이 퍼져 나갔다.

뉴뉴는 강의 유혹을 떨칠 수가 없었다. 강물 속으로 뛰어들 생각에 뉴뉴의 가슴이 마구 뛰었다. 따가운 햇볕에 발갛게 달아오른 뉴뉴의 얼굴은 더욱 빨개졌다.

완은 뉴뉴에게 물속이 얼마나 상쾌하고 편안한지를 보여 주기 위해 한껏 애쓰고 있었다.

뉴뉴는 손을 뻗어 강물에 담가 보았다. 시원한 기운이 손가락에서부터 온몸으로 퍼져 나갔다.

"어서 들어와. 이 호리병박 너한테 줄게."

뉴뉴는 여전히 망설였다.

"무서워할 것 없어. 내가 있잖아."

그 말에 뉴뉴의 마음이 흔들리며 눈동자가 반짝반짝 빛났다. 하지만 발걸음은 여전히 머뭇거리고 있었다.

그 순간 완이 뉴뉴를 향해 갑자기 물세례를 퍼부었다. 달궈진 뉴뉴의 몸에 차가운 물방울이 닿자 뉴뉴는 온몸을 떨며 옆으로 물러섰다.

완은 더 대담하게 물세례를 퍼붓기 시작했다. 뉴뉴는 수줍게 윗도리를 벗어 한쪽에 가지런히 개어 놓고는 조심조심 물속으로 들어갔다.

물속으로 천천히 들어간 뉴뉴는 우선 무릎을 꿇고 앉아 보았다. 그러고는 두 손으로 물가에 자라난 갈대 줄기를 움켜쥐고 살며시 엎드려 보았다. 두 발로 물을 차자 물방울이 사방으로 튀었다.

물은 확실히 사람을 매혹시키는 힘이 있었다. 일단 한번 물에 들어가자 뉴뉴는 다시는 물에서 나오고 싶지 않았다.

뉴뉴가 물에 들어오자 완은 어떤 책임감 같은 것을 느꼈다. 이제 그는 더 이상 헤엄을 치지 않고 뉴뉴를 보호하는 데만 신경을 썼다.

물은 두 아이 사이의 낯섦과 거리감을 모두 녹여 버렸다. 두 아이는 갈대 수풀 사이에서 우렁이를 잡기도 하고, 얕은 물가를 뛰어다니고 엎어지기도 하며 놀았다. 한 번은 깊은 물속까지 들어가 얼굴만 내밀고 마주 서 있어 보기도 했다. 두 아이에겐 그 순간이 가장 멋진 시간이었다. 강물은 이상하게도 고요했다. 두 아이는 한참 동안 서로의 눈동자를 바라보며 말없이 서 있었다.

며칠이 지났다. 물의 시원함과 부드러움을 한껏 만끽한 뉴뉴는 더 이상 얕은 물가에서 노는 것에 만족하지 않았다. 뉴뉴는 물 한가운데로 들어가 보고 싶었다. 강 건너까지 가 보고도 싶었다. 저 넓은 강물 속을 맘대로 헤엄쳐 다니고 싶었다.

완은 기꺼이 뉴뉴를 도와주었다. 그는 종일 피곤한 줄도 모른 채, 뉴뉴에게 수영하는 법을 가르쳐 주었다.

그들이 함께하는 시간 동안, 하늘의 태양은 황금빛 햇살을 찬란하게 비추었고, 우거진 수풀과 갈대밭은 구름 한 점 없는 하늘과 한데 어울려 눈부시게 빛났다. 완의 마음은 환하게 밝아졌다.

강도 더 이상 외롭지 않았다.

뉴뉴는 하루가 다르게 대담해졌다.

일주일쯤 지나자 뉴뉴는 강 한가운데에 있는 작은 섬에 가 보고 싶은 생각이 더욱 간절해졌다.

"내가 호리병박을 안고 있을 테니까 네가 나를 저 작은 섬까지 데려다줘!"

뉴뉴가 갑자기 완을 향해 말했다. 완은 그렇게 해 주겠다고 했다.

뉴뉴는 빨간 호리병박을 안고 천천히 헤엄쳤다. 그 옆에서 완이 뉴뉴를 도와주었다.

작은 섬은 흙이 그다지 단단하지 않았다. 수면에 간신히 떠 있는 작은 섬은 물기 때문에 흙이 모두 축축했다. 섬에는 커다란 백양나무 수십 그루가 자라고 있었다. 물속에는 곧게 뻗은 백양나무 그림자가 편안히 누워 있었고, 사방에는 온갖 꽃들이 가지각색으로 예쁘게 피어 있었다. 섬 한가운데에는 작은 연못이 하나 있었고, 연못 가장자리 나뭇가지 위에는 물새 몇 마리가 날개를 쉬고 있었다.

뉴뉴는 고개를 들어 위를 올려다보았다. 파란 하늘 위로 백양나무가 곧게 뻗어 있었다.

"너, 여기에 매일 오니?"

"응."

"매일 여기 와서 뭐 해?"

"그냥 놀아."

"여기 재미있는 게 뭐가 있길래?"

"재미있어."

"……?"

"여기 우리 반 친구들하고 노는 거야."

뉴뉴는 완의 말을 이해할 수가 없었다.

'여기는 아무것도 없는 작은 섬인데?'

완은 백양나무 쪽으로 뉴뉴를 데리고 갔다. 그러고는 손가락으로 나무를 가리키며 이렇게 말했다.

"얘는 우리 반의 왕싼건이야."

그제서야 뉴뉴는 나무에 새겨진 글자를 발견했다. 거기에는 '왕싼건'이라는 세 글자가 새겨져 있었던 것이다.

뉴뉴는 다른 나무들도 살펴보았다. 거기에는 각기 다른 이름과 별명 들이 새겨져 있었다. 리헤이, 납작코 저우밍, 딩니, 우싼진, 누룽지 쩌우샤오친 등등.

학교 친구를 만난 완은 잠시 동안 뉴뉴의 존재를 잊은 듯, 그들과 신나게 놀기 시작했다. 완은 이 나무에서 저 나무로 뛰어다니기도 하고, 머리 위의 나뭇가지를 흔들어 대기도 하고, 주먹으로 나뭇가지를 치기도 하고, 때로는 나무를 향해 소리치기도 했다.

"납작코야, 이리 와! 안 오면 똥개!"

완은 꼭 미친 사람처럼 나무 사이를 뛰어다녔다. 한참을 뛰어다니느라 온몸에 땀이 흥건히 배고 숨을 헐떡이던 완은 마침내 땅바닥에 쓰러졌다. 그러더니 손으로 얼굴을 가리며 이렇게 말했다.

"싼건, 싼건, 이제 그만! 아야! 그만 때리라니까!"

몸을 일으킨 완은 무언가를 끌어안듯이 하면서 땅바닥을 뒹굴었다.

뉴뉴는 완을 묵묵히 쳐다보고 있었다. 뉴뉴의 발치까지 굴러온 완은 뉴뉴를 보자 그제서야 환상에서 깨어났다. 완은 당혹스러웠다.

"아이들이 너랑 안 놀아 주니? 그런 거야?"

뉴뉴가 물었다.

완은 눈빛이 멍해지면서 우울한 빛을 보였다. 얼굴을 돌린 완은 백양나무 사이로 보이는 아득한 하늘을 바라보았다. 나중에 생각해 보니 그때 완은 울고 있었던 것 같았다.

그 일이 있은 후 한참이 지나서야 뉴뉴와 완은 작은 섬에서 신나게 놀 수 있었다.

어느 날 두 아이는 온종일 집을 짓느라 정신이 없었다. 아이들은 나뭇가지와 갈대 줄기를 가져다가 연못 옆에 집을 지었다. 풀 더미를 한 아름 뜯어다가 자리를 깔았다. 뉴뉴는 갈대 줄기로 집 옆에 닭장을 지어 놓기도 했다. 두 사람은 진흙을 빚어, 부뚜막과 솥을 만들고 여러 가지 그릇과 접시도 만들었다. 그리고 갖가지 들풀을 뜯어다가 냠냠 맛있게 밥을 해 먹는 놀이도 했다.

얼마나 시간이 흘렀을까. 해는 어느새 강 너머로 넘어가고 있었다.

뉴뉴의 엄마가 뉴뉴를 불렀다.

"뉴뉴!"

뉴뉴는 대답하지 않았다.

뉴뉴의 엄마는 계속해서 뉴뉴의 이름을 부르며 저쪽으로 사라져 갔다.

완과 뉴뉴는 할 수 없이 그들의 '집'을 떠나 강가로 나아갔다. 뉴뉴가 빨간 호리병박을 안고 앞에서 헤엄쳐 나가고, 완은 그녀를 보호하며 뒤따라갔다.

석양이 강물을 황금빛으로 물들이고 있었다. 그들은 석양을 맞으며 금빛 물속에서 소리 없이, 그렇지만 편안하게 흘러가고 있었다.

"이젠 강가에 가서 놀지 말아라!"

엄마는 몇 번이고 다짐을 했다.

"왜요?"

"이유는 없어. 어쨌든 이젠 강가에 가지 마. 엄마는 네가 강가에 가는 게 싫어."

뉴뉴는 엄마의 말을 듣지 않고 여전히 강가로 달려갔다. 뉴뉴는 강에 넋을 뺏긴 듯이 보였다.

곡식도 익어 가고 뜨겁게 타오르던 태양도 사그라들었다. 열기가 휩쓸던 하늘에도 이젠 서늘한 바람이 불기 시작했다. 여름이 끝나가고 있었던 것이다. 하지만 뉴뉴는 아직도 빨간 호리병박 없이는 수영을 할 수 없었다.

"내년 여름에도 나한테 수영을 가르쳐 줘야 해!"

뉴뉴가 말했다.

"사실 지금도 넌 수영할 수 있어. 네가 겁을 먹어서 못 할 뿐이지."

"그래도 내년에 또 가르쳐 줘!"

그러던 어느 날 오후, 뉴뉴가 얕은 물가에서 물장구를 치고 있을 때였다.

"우리, 강 건너까지 한번 가 보자. 넌 호리병박을 안고 가면 될 거야."

줄곧 꼼짝 않고 앉아 있던 완이 뉴뉴에게 제안을 했다.

"무서워."

"내가 있잖아."

"그래도 무서워."

"내가 널 꼭 잡고 있을게. 그래도 안 돼?"

"그럼 좋아. 절대로 날 놓으면 안 돼!"

완은 고개를 끄덕였다.

강 한가운데 이르자 뉴뉴는 자신이 강 양쪽으로부터 아득히 멀리 떨어져 있다는 생각이 들었다. 그 순간 뉴뉴는 갑자기 두려워지기 시작했다. 그때 완은 뉴뉴를 보고 씽긋 웃어 보였다. 그의 웃음은 의미심장했다. 꼭 무슨 음모를 감추고 있는 듯했다.

사방이 온통 강물로만 둘러싸여 있었다. 뉴뉴는 이 강이 너무나 크다는 사실을 처음으로 깨달았다. 뉴뉴는 다시 완을 쳐다보았다. 완은 무표정한 얼굴로 앞만 바라보고 있었다.

"우리 돌아가자!"

"앞으로 가나 돌아가나 멀기는 마찬가지야."

"그래도 무서워."

완은 그래도 계속 앞쪽만 바라보고 있었다. 그는 무언가 결단을 내린 듯했다.

"무섭다니까……."

"무섭긴 뭐가 무서워!"

갑자기 완이 뉴뉴를 꼬옥 끌어안더니 뉴뉴의 손에 들린 호리병박을 낚아챘다. 뉴뉴는 날카로운 비명을 지르며 물속으로 가라앉았다.

공포에 떨며 두 손으로 물을 움켜쥐면서 뉴뉴는 완을 향해 소리쳤다.

"호리병박! 호리병박!"

하지만 완은 미소 지으며 뉴뉴에게서 멀어져 가기만 했다.

뉴뉴는 계속 물속으로 가라앉았다. 2초 정도 물속에 잠겨 있던 뉴뉴가 물 위로 튀어 오르더니 겁에 질려 미친 듯이 소리를 질렀다.

"살려 줘!"

그때 강가에 나와 있던 뉴뉴의 엄마가 그 모습을 보았다. 엄마는 순간적으로 넋이 빠져 쳐다보다가 이내 주위를 향해 소리치기 시작했다.

"사람 살려!"

뉴뉴의 입으로 물이 쏟아져 들어왔다. 벌컥벌컥 물을 삼키던 뉴뉴는 정신없이 목구멍을 타고 넘어가는 물에 숨이 막혀 고통스럽게 기침을 해 댔다. 그래도 완은 뉴뉴를 건져 주지 않았다.

다시 한번 물 위로 솟아오른 뉴뉴는 원망의 눈초리로 완을 쳐다보았다. 밭에서 일을 하던 사람들이 고함에 강가로 달려왔다. 순식간에 사방이 소란스러워졌다.

뉴뉴가 더 이상 몸부림을 치지 않고 그대로 물속으로 가라앉자, 완도 당황하기 시작했다. 완은 재빨리 뉴뉴에게로 다가가 그녀의 두 손을 끌어당겨 빨간 호리병박을 쥐어 주었다.

뉴뉴는 호리병박을 안은 채 두 눈을 꼭 감고 기침을 하며 서럽게 울기 시작했다. 뉴뉴는 울면서 엄마를 불렀다.

완은 무슨 말인가 하고 싶었지만, 말을 할 수가 없었다. 눈앞에 펼쳐진 광경이 너무나도 당혹스러웠기 때문이다. 그는 더 이상 아무 생각도 할 수 없었다. 완은 멍청한 표정으로 호리병박의 허리에 묶인 새끼줄을 잡은 채 뉴뉴를 강가로 이끌고 나왔다.

강가에는 많은 사람이 나와 있었다. 하지만 사람들은 아무 말도 하지 않았다. 그 침묵은 너무나도 무겁게 완을 짓눌렀다. 그 순간 완은 자신이 죄를 지은 듯한 느낌이 들었다.

뉴뉴의 엄마는 더 이상 기다리지 못하고 물속으로 뛰어들었다.

"뉴뉴······."

"엄마······. 엄마······."

뉴뉴는 호리병박을 꼭 끌어안은 채 울음을 터뜨렸다.

완이 뉴뉴를 강가로 끌어올렸다.

호리병박을 손에서 놓자, 뉴뉴는 극도의 공포가 극도의 원망으로 바뀌는 걸 느꼈다. 뉴뉴는 완을 향해 소리 질렀다.

"사기꾼! 넌 거짓말쟁이 사기꾼이야!"

말을 마친 뉴뉴는 엄마 품으로 뛰어들며 온몸을 떨면서 엉엉 울었다.

"뉴뉴, 괜찮아. 뉴뉴! 무서워할 것 없어!"

엄마는 뉴뉴를 다독이며 이렇게 말했다.

완은 고개를 떨군 채 그저 서 있는 수밖에 없었다.

뉴뉴의 엄마는 두 눈을 부릅뜨고 완을 노려보며 말했다.

"넌 왜 그렇게 사람을 속이는 거니! 사람들한테 무슨 원수가 졌다고 그런 짓을 한 거야?"

완은 뭔가 말을 하고 싶었지만 그럴 수가 없었다. 두 줄기 눈물이 콧등으로 흘러내렸다.

뉴뉴는 엄마와 함께 집으로 돌아갔다. 다른 사람들도 하나둘 강가를 떠났다.

완 혼자만이 마지막까지 강가에 서 있었다. 그의 머리카락에서 방울방울 물방울이 떨어졌다. 그 물방울은 가냘픈 그의 몸뚱이를 타고 강물 속으로 흘러 들어갔다. 그의 옆에선 빨간 호리병박만이 둥둥 떠다니고 있었다.

강 위로 저녁 바람이 불어오면서 강물이 일렁이기 시작했다. 강물은 순식간에 완의 가슴까지 차올라 왔다가는 다시금 종아리까지 물러나곤 했다.

빨간 호리병박은 작은 심장처럼 강물 위에서 반짝반짝 요동치고 있었다.

하늘은 점점 어두워져 갔다.

벌거벗은 완의 몸 위로 차가운 바람이 불어왔다. 완은 불어오는 바람을 맞으며 온몸을 떨었다. 그러고는 고개를 들어 강물 위에 떨어진 별들을 바라보았다.

며칠 뒤 황혼 녘, 강 한가운데 있는 작은 섬에서 불길이 솟구쳤다. 검푸른 연기가 공중으로 날아오르더니 이내 물 위를 뒤덮고는 천천히 흩어져 무(無)로 돌아갔다.

　완이 그들의 '집'을 불살라 버린 것이다.

　뉴뉴는 다시는 강가로 나오지 않았을 뿐만 아니라, 강 쪽으로는 쳐다보지도 않았다. 뉴뉴는 외할머니 댁으로 갔다. 거기서 남은 여름 방학을 보내기로 한 것이다.

　하루는 점심을 먹는 자리에서 외할머니가 아이들에게 어린 시절 이야기를 들려주셨다.

　"그때는 나도 너희들처럼 물에서 놀기를 좋아했단다. 하지만 겁이 많아서 뒤뜰에 있는 조그만 물웅덩이에서 헤엄을 치곤 했지. 그런 나를 보고 계시던 아버지께서 말씀하시길 나도 큰 강에서 헤엄칠 수 있다는 게야. 그 말에 나는 너무나 겁이 나서 숨어 버리고 말았지. 그런 나를 보고 아버지는 겁쟁이라고 호통을 치셨지. 그날 아버지는 커다란 나무 대야를 가져오시더니 내가 거기 앉아 있으면, 나를 강 건너까지 데리고 가서 대나무 숲에 있는 새끼 참새를 보여 주겠다고 하시더구나. 나는 좋다고 했지. 그런데 아버지는 강 한

가운데까지 나를 데리고 가서는, 갑자기 나무 대야를 뒤집어 버리셨어. 물에 빠진 나는 허우적대면서 몇 번이나 물을 삼켰지. 물 위로 머리를 내밀고는 소리를 질러 대며 난리 법석을 부렸어. 순식간에 사람들이 모여들었지. 하지만 아버지는 나를 냉정하게 쳐다보고만 계셨단다. 애당초 나를 꺼내 줄 생각이 없었던 게야. 나는 두 번이나 물속으로 가라앉았다 올라왔지. 물을 너무 많이 마셔서 배가 부를 정도였단다. 그러고는 몸이 다시 물속으로 가라앉더구나. 이젠 더 이상 희망이 없구나 하고 생각했었지. 그런데 그때 이상한 일이 일어났지 뭐니. 갑자기 몸이 가벼워지더니 뒤뜰 물웅덩이에서처럼 헤엄을 칠 수 있게 된 거야. 난 꽤나 긴장하긴 했지만 굉장히 기뻤단다. 그러고는 순식간에 맞은편까지 헤엄쳐 갈 수 있었단다. 그 후로는 더 큰 강에서도 아무런 두려움 없이 헤엄을 칠 수 있게 되었단다."

뉴뉴는 이로 젓가락을 물어뜯고 있었다.

"뉴뉴야, 어서 밥 먹어야지."

외할머니께서 말씀하셨다.

뉴뉴는 젓가락을 내려놓으며 이렇게 말했다.

"저 집으로 돌아갈래요."

"여기 며칠 있기로 한 게 아니냐?"

외할머니께서 물으셨다.

"아뇨. 저 집에 갈래요. 지금 당장요."

말을 마치자마자 뉴뉴는 일어나서 걸어 나갔다. 외할머니가 무슨 말을 해도 뉴뉴는 듣지 않았다.

뉴뉴는 그 길로 곧장 강까지 달려갔다.

강에는 아무것도 보이지 않았다. 고개를 숙여 보니, 물가 갈대밭에 빨간 호리병박이 걸려 있었다. 호리병박은 예전과 다름없이 선명하게 반짝이고 있었다.

뉴뉴는 가만히 앉아 기다렸다. 하지만 강 건너에서는 인기척이라고는 전혀 없었다.

태양이 서서히 저물어 갈 무렵, 뉴뉴의 눈은 뭔가를 간절히 찾고 있었다.

여름도 지나가고, 강 위로는 벌써 새파란 가을 하늘이 찾아들었다. 반쯤 마른 연잎 위에는 어디서 왔는지 청개구리 한 마리가 조용히 앉아 있었다. 마른 연잎은 강물을 따라 흘러 내려가고 있었다.

끝없는 정적이 흘렀다. 끝없는 정적만이……

뉴뉴는 모든 것을 잊고 물속으로 뛰어들어 헤엄쳐 나아갔다. 그녀는 가라앉지 않았을 뿐만 아니라 헤엄도 아주 잘 쳤다. 그녀의 수영 실력은 벌써부터 강을 건널 수 있을 정도였던 것이다.

그녀는 처음으로 맞은편 초가집에 가 보았다. 하지만 그 집의 대문은 단단한 자물쇠로 채워져 있었다.

소를 치는 한 아이가 뉴뉴에게 말해 주었다. 완은 전학을 갔다고. 엄마를 따라 여기서부터 300리나 떨어진 외갓집으로 이사를 갔다고.

개학하기 전날 황혼 녘, 뉴뉴는 갈대숲에 걸려 있던 빨간 호리병박을 풀어 주었다. 그리고 빨간 호리병박은 반짝반짝 빛을 내면서 그렇게 황혼 속으로 떠내려갔다.

바다소

몽롱한 비의 장막 속에 서 있는
소의 모습은 더 크고 위풍당당했다.
그 장엄한 모습은 마치 강의 신과도 같았다.
소년의 가슴이 마구 뛰었다.

소년의 집에는 소가 필요했다.

그 마을은 끝없이 넓은 들판에 외따로 떨어져 있었다. 서쪽으로 300리는 누렇게 일렁이는 갈대밭으로 둘러싸여 있었고, 동쪽으로 300리는 검푸르게 펼쳐져 있는 넓고도 아득한 바다였다.

그 마을에서 쓰는 소는 두 종류였다. 갈대밭 쪽에서 데려온 흙탕물소와 바다 쪽에서 데려온 바다소였다. 흙탕물소의 체구는 왜소했고 힘도 없어 작은 돌덩이 하나를 끌면서도 가쁜 숨을 몰아쉬며 흰 거품을 물었다. 어깨는 침몰하는 배처럼 기우뚱하게 처져 있었다. 그래서 사람들은 흙탕물소를 무시했다.

"쳇! 흙탕물소 하고는!"

아이들조차 엄지손가락을 코에 대고 나머지 네 손가락을 흔들며 흙탕물소를 놀려 대곤 했다. 그나마 좋은 점이 있다면 흙탕물소는 값이 싸다는 것이다.

바다소는 바닷가에 자라는 갈대를 맘대로 뜯어 먹고 자라도록

놓아기른 소다. 흔치 않은 바다소는 골격도 크고 건장했고 성질도
바다처럼 거칠었다. 하지만 힘은 아주 세서 딱딱한 진흙 밭에서 무거
운 쇠 쟁기를 끌더라도 날아다니는 것처럼 밭갈이를 잘했다. 딱딱했
던 진흙 밭이 울퉁불퉁 검은빛의 진흙 물결로 일궈지고 나면, 소를
끄는 어른들이 오히려 숨을 몰아쉬며 구슬땀을 흘릴 정도였다. 그
소는 어디에 있어도 영웅다운 기세 때문에 금방 눈에 띄었다. 그런
소를 끄는 주인은 마치 자신의 힘이 세지기라도 한 것처럼 거드름을
피우며 자랑스러워했다.

소년의 집에도 땅이 있었다. 이 지방에는 황폐한 땅이 많아서 마
을 사람 모두가 국가로부터 얼마간의 땅을 분배받을 수 있었던 것이
다. 하지만 할머니는 태생부터가 꼿꼿한 성격이어서, '멀쩡하게 살아
있으면서 다른 사람의 신세 지기'를 원치 않았다. 할머니는 국가에서
나눠 준 땅을 굳이 자기 명의로 바꾸고는 이렇게 말했다.

"내가 손으로 더듬어서라도 농사를 지어 손주 녀석에게 소를 사
줄라네!"

소년의 집에는 당연히 바다소가 필요했다!

할머니는 부들부들 떨면서 돈이 담긴 검은 항아리를 끌어안으며
말했다.

"정말로 학교 안 갈 테냐?"

"벌써 말했잖아요. 시험에 떨어졌다니까요. 고등학교에 못 가요,
할머니!"

할머니는 말 그대로 장님이었다. 그녀에게는 세상이 온통 끝없는 어둠일 따름이었다. 하지만 이 순간만큼은 그녀의 눈동자에도 분명히 의혹의 빛이 서렸다. '선생님께서 집에 들르실 때마다 손자 녀석이 공부 잘한다고 얼마나 칭찬을 했었는데! 시험에 떨어졌다고?'

난감해진 소년은 고개를 떨궜다.

하늘 아래 그의 유일한 혈육은 눈먼 할머니뿐이었다. 아버지는 소년이 세 살 때 급작스러운 병으로 돌아가셨다. 채 1년이 안 된 어느 가을 밤, 하늘에는 별빛 한 점 보이지 않았다. 그날 어머니는 소년과 눈먼 할머니를 버리고는 한 사내와 멀리 달아나 버렸다. 그때 할머니는 눈물 한 방울 흘리지 않았다. 그저 병아리처럼 웅크린 채 떨고 있는 소년을 꼭 안아 줄 따름이었다. 할머니는 엄마가 멀리 떠나 버린 그 길목에 앉아, 누리끼리한 소년의 머리칼을 쓰다듬으며 이렇게 말했을 뿐이었다.

"걱정할 것 없다!"

고통스러운 그 얼굴에는 음침한 하늘이 드리워져 있었다.

두 눈이 보이지 않는 할머니는 힘든 삶과 끈질기고도 완강하게 싸우면서, 혼자 힘으로 열다섯 살이 되도록 소년을 길러 주셨다.

얼마 전, 새끼 꼴 짚을 다듬던 할머니의 손이 망치를 놓쳐 버렸다. 손아귀 힘이 너무 없어서 망치가 손에서 미끄러진 것이다. 망치는 미처 피하지 못한 다른 쪽 손등을 찧었고, 그 바람에 까진 살 틈새로 자줏빛 붉은 피가 뚝뚝 흐르며 황금빛 짚단 위로 떨어졌다. 할머니는 더듬더듬 망치를 찾아 다시 짚을 다듬기 시작하셨다. 그 순간, 소년은 할머니의 손에서 흘러내리는 피를 보았다.

"할머니!"

소년은 얼른 달려가서 흘러내리는 피를 혀로 핥았다.

"무슨 일이냐?"

할머니는 축 늘어진 입가에 미소를 머금고는 이렇게 말했다.

"망치를 놓쳐서 그런 거야."

소년은 처음으로 할머니를 자세히 쳐다보았다. 말라빠진 두 어깨는 불쑥 솟아 있었고, 삼실* 같은 하얀 머리카락은 길게 늘어져 있었다. 검게 그을린 얼굴에는 수많은 주름살이 갈래갈래 나 있고, 이가 다 빠진 입은 쪼글쪼글했으며, 입가에는 탄력 없는 피부가 축 늘어져 있었다. 두 손 마디마디는 너무 굵어져서 곧게 펴려 해도 펴지지 않고 제대로 쥐려 해도 쥐어지지 않았다.

할머니의 등 뒤에는 새끼줄 다발이 한 아름 쌓여 있었다. 소년은 할머니의 손을 놓고 새끼줄을 가져다 살펴보았다. 힘이 없는 손으로 꼬다 보니 새끼줄도 헐거워져서 무슨 부드러운 끈처럼 보였다. 소년은 두 손으로 새끼줄을 잡아당겨 보았다. 새끼줄은 힘없이 두 동강이 났다. 다시 힘을 주어 당기니 이제는 지푸라기처럼 바스러져 버렸다. '사람들은 언제나 할머니의 새끼줄은 '쇠줄처럼 튼튼하다'며 칭찬을 했었는데……. 이제 할머니의 새끼줄이 팔리기나 할까?' 소년은 새끼

*삼실 삼 껍질에서 뽑아낸 실.

줄을 내려놓고 고개를 숙인 채 서늘한 강가로 나갔다.

"할머니는 늙으셨어."

열다섯 살짜리 소년은 갑자기 자신의 책임을 깨닫게 되었다. 이젠 더 이상 할머니에게 의지하며 편안하게 살 수만은 없었다. 지금까지 소년을 위해 살아오신 할머니는 이제 기름이 다 떨어진 등잔이나 다름없게 되었다. 그런데도 할머니는 오로지 소년을 위해서 힘닿는 데까지 몸부림치고 있었던 것이다. 하지만 더는 버티기는 힘들 것이다. 소년이 짊어져야 할 생활의 책임을 이젠 더 이상 미룰 수 없게 되었다. 소년은 한 노인이 누려야 할 말년의 모든 것을 할머니도 누릴 수 있게 해 드려야 하는 것이다.

소년은 고통스럽지만 기쁜 마음으로 공부를 포기했다. 절대로 틀릴 수 없는 문제들을 두 눈 질끈 감고 모두 엉터리로 풀었다.

"어째서 시험에 떨어졌다니……?"

할머니는 소년을 똑바로 쳐다보았다.

"할머니."

소년은 할머니를 쳐다보았다.

"전 정말 머리가 나쁜가 봐요."

소년은 할머니의 손을 잡고 말했다.

"할머니, 보세요. 제 팔뚝을 만져 보세요. 제 어깨를 잡아 보세요. 그리고 제 가슴을 쳐 보세요. 저도 이제는 다 컸어요. 힘도 세고 일도 잘해요. 할머니가 모은 돈으로 우리 바다소를 사요!"

할머니는 자신이 밥을 떠 먹이고 물을 떠 먹여 기른 손자를 여태 껏 한 번도 본 적이 없었다.

소년은 이제 천진난만하던 소년 시절을 거쳐 열정과 환상, 모험과 용맹, 도전 정신과 수많은 꿈을 감당할 수 있는 청년 시절로 접어들고 있었던 것이다.

그러나 겉보기에는 여전히 소년일 뿐이었다. 소년의 몸은 제대로 자라지 않아 얇은 쇳조각 같았다. 목도 팔도 다리도 가느다랗고, 가슴도 어린애처럼 편편했다. 하지만 꼿꼿하기는 해서 아주 힘이 있어 보였다. 눈동자도 깊고 맑게 빛나 칠흑 같은 어둠 속 땅 밑에 감추어진 두 줄기 샘물 같았다. 그것은 조물주가 이 황량한 땅에 선사한 아주 작은 걸작품이었다. 전체적으로 봐서는 너무나 말라서 칼날 같은 느낌이었지만, 그 속에는 영혼이 살아 있었다.

할머니는 검은 항아리를 소년에게 건네주었다.

"소를 사기에는 충분할 게다."

"세어 보셨어요?"

할머니는 손을 내저었다. 할머니는 10여 년간 소년을 키워 왔을 뿐만 아니라, 소년을 위해서 돈도 모아 왔다. 그녀는 손자를 위해 재산을 남겨 두는 것이 어른의 책임이라고 생각했다. 그녀는 쉬지 않고 새끼를 꼬아 내다 팔았다. 그리고 검은 항아리에다 한 푼 두 푼 모아 두었다. 할머니는 자신이 항아리에 넣은 동전 하나까지도 마음에 새겨 두었던 것이다. 어떻게 그 숫자를 잊을 수 있겠는가. 그것은 700원이었다.

"이웃에 사는 더 아저씨가 소를 사다 주실 게다. 더 아저씨에게 가서 큰 소를 사다 달라고 부탁하자꾸나!"

할머니는 이 일로 너무 흥분이 되었는지, 앞이 보이지도 않는 눈동자가 번뜩번뜩 빛을 발했다.

"뭐 하려고 다른 사람에게 부탁을 해요?"

설마 소년이 아직도 이 집의 기둥이 되기에는 부족하다는 말인가?

할머니는 고개를 저었다. 그녀는 어쩔 수 없었다. 그리고 집안의 유일한, 그것도 이제 열다섯 살밖에 안 된 손자에게 그렇게 힘겨운 큰일을 시키기에는 마음이 놓이지 않았던 것이다. 소를 사러 가려면 차를 타고 꼬박 하루가 걸린다. 그리고 돌아올 때는 소를 타고 낮과 밤을 쉬지 않는다 해도 사흘은 족히 걸리는 길이다. 게다가 장님인 그녀에겐 손자의 눈이 필요했다.

"이 할미가 눈이 안 보이지 않니. 불도 지펴야 하고 밥도 하려면…… 혹 마른 장작에 불똥이라도 튀면 이 초가집은……."

소년은 아무 말도 하지 않았다. 그리고 그날 저녁, 친구들에게 할머니를 부탁하고 밤에 몰래 집을 나섰다. 마을 어른들이 소년을 보내 주지 않으리라는 걸 알고 있었던 것이다.

바닷가 사람들은 하나같이 놀랍고 미덥지 않다는 눈빛으로 소년을 맞이했다.

"소를 산다고? 네가?"

"댁들한테는 돈 한 푼 신세 지지 않을 테니 걱정 마세요."

아직도 어린애 티를 벗지 못한 얼굴이 한순간에 빨개졌지만, 소년의 야무진 말에 바닷가 사람들은 서로 얼굴만 쳐다볼 따름이었다.

구릿빛 피부의 덩치 큰 사내가 소년의 앞에 와서 섰다. 사내의 넓은 어깨는 평평하고 곧은 나무 지렛대 같았고, 가슴팍은 담벼락만큼이나 두터워 보였다. 근육이 불끈불끈 솟은 팔뚝에는 마치 공이 두 개 박혀 있는 것 같았다. 그리고 가느다란 눈에는 야성과 오만함이 담겨 있었다. 사내는 비웃기라도 하듯 한바탕 크게 웃더니 소년을 데리고 해변으로 갔다.

해변에는 거친 갈대가 울창하게 뻗어 있었다. 구리줄처럼 질긴 풀줄기가 바닷바람에 흔들렸다. 갈대밭 틈새로 넓고 거친 바다가 반짝이는 것을 볼 수 있었다. 얼핏 봐도 해변은 고요했다. 하지만 그 사내가 천둥 치듯 크게 소리를 지르자, 갈대 수풀 속에 누워 있던 바다소들이 놀랐는지, 마치 평지에서 검은 산봉우리가 솟구치듯 벌떡벌떡 일어났다. 그 사내가 다시 한번 소리를 지르자, 그 산봉우리들이 한데 모여들더니 먼 바다를 향해 사납게 내달리는 것처럼 보였다. 갈대 수풀이 갈라지고 넘어지고 부러지는 소리가 '빠지직 빠지직' 무슨 폭탄이 터지는 소리 같았다.

사내는 굵은 팔로 갈대숲을 가르며 소년을 데리고 갔다. 소년은 사내 뒤를 바짝 붙어 쫓아갔다.

소 떼는 바다와 갈대밭 사이 갈색의 빈 공터까지 가 있었다. 한데 몰려 이리저리 흔들리는 소 떼들은 해변에 무수히 많은 발자국을 어지러이 찍어 놓았다.

사내는 소년에게 등을 돌린 채 쭈그려 앉았다.

"이봐! 어느 걸로 할 테냐?"

소년은 이 예의 없는 사내에게 바로 대답하지 않았다. 기이할 정도로 큰 눈을 들고는 저 감격스러운 소 떼를 바라보고만 있었다.

'아! 정말 멋지구나!'

툭 튀어나온 바다소의 눈은 유리구슬처럼 반짝이며 억제할 수 없는 야성을 내뿜고 있었다. 바닷바람에 황금빛이 된 소털이 햇살 아래 반짝거렸다. 발굽 소리도 우렁차서 해변이 은은하게 진동하고 있었다. 정말이지 그 한 마리 한 마리가 모두 강철 덩어리이고, 하나하나가 모두 걸어 다니는 천둥이요, 거대한 힘 덩어리였다!

"대체 어느 걸로 살 거냐니까?"

소년은 여전히 대답을 하지 않았다. 열다섯 살 사내가 일 처리하는 데는 어느 정도 폼이 나야 하는 거다. 신중하고 노련해야지, 어떻게 예닐곱 살짜리 애가 하듯 그렇게 서둘러서야 되겠는가! 더군다나 세상만사를 얕보는 듯한 저 사내 앞에서는 더욱이나 성숙한 어른 같은 기질을 발휘해야 하는 법이다.

멀리서 검푸른 하늘이 바닷물과 하나가 되더니, 또다시 갑자기 사람들 머리 위를 높이높이 날아가는 듯했다. 뭉게뭉게 검은 구름이 먼 파도가 달려오듯 하늘에서 춤을 추고, 바람에 떠밀려 사람들 머리 위로 곧장 날아들 것만 같았다. 끝없는 바다가 용솟음치며 영혼을 놀랠 듯이 팽창하는 소리를 냈다. 거대한 파도가 해안을 향해 줄줄이 달려들었다. 파도의 등 자락이 솟구치니 암녹색의 거대한 담벼락 같아 보였다. 우르르 쾅쾅! 몰려들었다가 부서지며, 거대한 파도는 모래사장에 흰 거품만 남겨 놓았다가 다시 등을 곧추세워 달려들었다 부서지고 달려들었다 부서지고…….

거세게 울부짖는 바다를 한참이나 쳐다보던 소년은 어느덧 눈을 돌려, 여기 해변에서 저 파도 소리를 들으며 바람과 이슬을 먹어 날렵하고 용맹하게 자라난 커다란 소를 바라보고 있었다. 바닷바람은 소년의 뻣뻣한 앞머리를 쉴 새 없이 흔들었다. 갑자기 소년은 자신이 정말로 더 이상 아이가 아니라는 생각이 들었다. 갑자기 키가 불쑥 큰 것 같았다. 온몸의 근육에서 힘이 솟았다. 소년은 일어섰다.

"저기 제일 크고 제일 사나운 놈으로 주세요!"

사내는 의미심장하게 씨익 웃으며 소년에게 고개를 끄덕였다. 소년 역시 전혀 망설임 없이 마치 보복이라도 하듯 상대방에게 고개를 끄덕여 주었다.

사내는 땅을 박차고 벌떡 일어나더니 소 떼를 향해 돌진해 들어갔다. 소 떼는 폭탄이라도 터진 듯이 사방으로 흩어졌다. 그 틈에 송아지 한 마리가 쓰러졌다가는 '매애 매애' 하며 놀란 울음을 울더니 이내 다시 일어나 달렸다. '투그덕 투그덕' 하는 소들의 발굽 소리가 한데 모이더니 마침내 웅웅거리는 거대한 소리로 바뀌었다. 사내는 검게 빛나는 커다란 소에게서 눈을 떼지 않고 바짝 뒤쫓아 갔다. 소는 번개처럼 그 사내 주변을 뛰어다녔다.

소년은 꼼짝 않고 서 있었다.

그 커다란 소가 바다를 향해 달려들자, 옥색 파도와 높푸른 하늘빛에 소는 더욱 용감하고 위엄 있게 보였다.

"저거예요! 바로 저거요!"

소년의 심장이 마구 뛰었다.

큰 소는 바닷속으로 뛰어들었다. 거대한 파도가 밀려들더니 갑자기 소가 보이질 않았다. 파도는 소의 몸뚱이에 부딪쳐 물거품을 일으키며 흩어졌고, 소는 하늘을 향해 고개를 쳐들고는 둔탁한 소리로 음머 음머 울기 시작했다. 쏴아쏴아 하는 파도 소리와 어우러진 그 소리는 가슴을 뛰게 했다.

사내가 소를 쫓기 시작했다. 소는 모래사장을 따라 철벅철벅 질주했다. 소의 발길에 튀어 오른 물보라가 사내의 얼굴에까지 튀었다. 사내는 조급해졌다. 허리에 둘렀던 밧줄을 풀어 던지니 '휙' 하는 소리를 내며 날아갔다. 올가미는 소의 목에 정통으로 가서 걸렸다. 큰 소가 사내를 쓰러뜨렸다. 하지만 큰 소도 모래사장에 무릎을 꿇었다. 사내는 그 틈을 타서 벌떡 일어나 소 등에 올라탔다. 그러고는 송아지 때 꿰어 놓았던 코뚜레를 잡아챘다.

몸을 일으킨 소는 이리저리 뛰어다니며 머리를 흔들어 댔다. 사내를 떨어뜨리려는 것이다. 사내는 죽어라고 소의 목을 끌어안고서는 한 손으로 재빠르게 코뚜레에 밧줄을 걸었다. 그러고는 밧줄을 잡아 반대편으로 방향을 틀어 휙 잡아당겼다. 순간 고삐가 팽팽해지더니 소의 코에서 찢어지는 소리가 났다. 그 소리는 차마 듣고 있기가 힘들었다. 사내는 환희에 차서 둥근 원을 그리며 뛰기 시작했다. 사내는 천천히 밧줄을 잡아당겼다. 소는 난폭하게 발을 구르며 뿔로 진흙을 파헤치다가 결국은 멈춰 섰다.

사내는 씩씩거리며 소를 끌면서 소년에게 다가왔다.

"이봐, 돼…… 됐냐?"

소년은 소를 바라보았다. 소의 눈동자는 검은색을 띠었다. 코에서 뿜어 나오는 콧김에 들풀이 들썩였다. 양쪽으로 힘차게 뻗어 있는 뿔은 코끼리의 거대한 상아와도 같았는데, 그 모습은 마치 아름다운 초승달처럼 굽어 있었다. 뿔은 단단해 보였고 검은빛을 번뜩였다. 날카로운 그 모습은 전율을 느끼게 했다. 소의 몸은 청동으로 빚어 놓은 듯했다. 거대한 망치로 다듬어 놓은 듯한 가슴팍은 넓고도 단단했다. 근육도 잘 발달하여 단단하게 뭉친 고깃덩어리 같았고, 척추는 마치 칼로 자른 듯 반듯했다. 길고 거친 꼬리는 쉴 새 없이 흔들리며 팍팍 하는 소리를 내며 주변의 갈대를 이리저리 쓰러뜨렸다.

그 짧은 순간에도 소년은 한기가 느껴져 두 손으로 어깨를 감쌌다. 하지만 놀리는 듯 쳐다보는 사내의 눈길을 보자 소년은 이렇게 말했다.

"마을로 돌아가죠."

그러나 그 목소리는 분명 떨고 있었다. 대나무같이 가느다란 다리도 떨렸다. 게다가 소년은 쉴 새 없이 손가락을 꼬고 있었다. 어쨌든 소년은 아직 어린아이였던 것이다.

사내는 여전히 씨익 웃으며 마을로 소를 끌고 갔다. 구경을 하러 사람들이 몰려들었다.

사내는 소년에게 다가오더니 이렇게 말했다.

"정말로 이 소를 살 테냐?"

소년은 고개도 쳐들지 않고 말했다.

"산다고 했잖아요."

"700원이다!"

사내는 사람들과 상의한 가격을 소년에게 말했다.

순간, 소년은 자신의 목에 걸고 있는 돈주머니를 손에 쥐고 긴장된 표정으로 사내를 바라보았다.

"네게 그만한 돈이 있겠니?"

사내는 두꺼운 입술을 깨문 채 웃고 있었다.

소년은 다시 사람들을 쳐다보았다. 손으로는 돈주머니를 더 꼬옥 쥐었다.

사내는 한 차례 한숨을 내쉬고는 사람들을 향해 이렇게 말했다.

"관둬라. 이 소는 해변으로 돌려보내야겠다! 여러분 생각 좀 해 보시오. 어른들이 어떻게 거금 700원을 이 솜털도 안 빠진 녀석에게 맡겼겠소? 내가 요 꼬맹이 녀석을 골려 먹을 심산으로 소를 끌고 온 거지……."

사내는 또 고개를 돌려 소년에게 말했다.

"요 녀석아, 너 여태까지 동전 몇 개나 만져 봤냐? 700까지 셀 수나 있어? 어? 네가 소를 사겠다고? 가서 강아지나 꼬맹이들이랑 놀아라! 하하하……."

말을 마치며 사내는 소의 고삐를 풀어 주려고 했다.

해변 사람들도 모두들 입을 크게 벌리고 파안대소*했다.

"하하하……."

소년은 한 손으로 고삐를 잡더니, 다른 한 손으로 돈주머니를 묶은 끈을 잡아 날카로운 이빨로 물어뜯었다. 돈주머니가 땅에 떨어졌다.

"하!"

사내는 무언가를 겨누기라도 하듯이, 한쪽 눈을 감고 소년을 쳐다보았다. 잠시 후 소년은 돈주머니를 집어 손바닥에 올리고는 사람들을 향해 말했다.

"모두들 보세요!"

자신의 손에 들린 두툼한 돈다발을 보자, 소년은 한순간 얼굴이 붉게 달아올랐다. 소년은 비꼬듯이 코를 씰룩거렸다.

사내는 쉴 새 없이 손가락에 침을 발랐다. 돈을 다 세고 나자 그는 겸연쩍게 웃었다. 소년은 사내를 흘끗 쳐다보고는, 소를 끌고 사람들 사이를 헤쳐 걸어 나갔다.

은빛 수염의 한 노인이 지팡이를 쥐고는 이렇게 말했다.

"저 녀석 혼자 저 짐승을 끌고 집에까지 갈 수 있겠어? 누가 좀 가서 도와주게나."

그 사내가 소년을 쫓아갔다. 사내는 더 이상 소년을 조롱하지 않았다. 그는 진심에서 우러나와 말했다.

---

*파안대소 즐거운 표정으로 한바탕 크게 웃음.

"잘하는데 꼬마 친구! 네가 맘에 든다! 하지만 아무래도 네가 소를 몰고 돌아가는 걸 도와줘야 할 것 같아."

소년이 대답하지 않자, 사내는 이어서 말했다.

"네가 못 할까 봐 그러는 게 아니야. 그 소는 너무 사나워! 넌……너는 그만한 힘이 없잖니!"

소년은 거절했다.

"할 수 있어요!"

소년은 고삐를 끌어당겼다. 이상하게도, 그 소는 화를 내지도 조바심을 내지도 않고 그저 한 마리 온순한 암소처럼 소년을 따라왔다.

"그럼 집에 돌아갈 돈은 가지고 있는 게냐? 내 소 값을 조금 깎아주마!"

사내는 좋은 사람이었다.

소년은 고개를 돌리더니 감동한 눈길로 사내를 쳐다보며 말했다.

"있어요!"

그리고 몇 걸음 더 가더니 소년은 또다시 고개를 돌렸다. 그러더니 두 손을 모아 나팔 모양을 만들어 입에 대고는 이렇게 말했다.

"아저씨, 좀 전에 소 잡으실 때 정말 멋졌어요!"

그 소리는 드넓은 들판에 울려 퍼졌다. 그 소리가 아득히 사라져 가자 황야에는 다시 정적만이 흘렀다. 둘은 한참 동안 서로를 바라보았다. 소년은 다정하게 고개를 끄덕여 보이고는 몸을 돌렸다. 그리고 큰길을 따라 서쪽으로 향했다. 소금기에 하얗게 반짝이는 황톳길 위로 터벅터벅 소 발자국이 자취를 남겼다.

그 사내는 열다섯 살 소년의 몸에서 뿜어져 나오는 어떤 기운에 취하기라도 한 듯 소년을 바라보며 쉬지 않고 큰 손을 흔들었다. 소년과 바다소가 아득한 황야 너머로 사라져 갈 때까지…….

웅장한 수소 옆에 서 있는 소년은 더 볼품없어 보였다. 그 모습은 보는 사람을 참으로 걱정스럽게 했다. '저 수소가 성이라도 낼라치면 저 나뭇잎 같은 아이는 순식간에 날아가 버릴 텐데…….' 소년은 자신이 뭔가를 초조하게 기다리기라도 하듯, 신경이 팽팽하게 긴장되어 있다는 걸 느꼈다. 하지만 그날 오전 내내 아무 일도 일어나지 않았다.

소는 군소리 없이 소년을 따라왔다. 소년이 고개를 돌려 툭 튀어나온 소의 눈동자를 살펴보았을 때, 소년은 그 조용한 눈 속에서 무언가 불길함 같기도 하고 일종의 잠재된 위기 같은 것을 느낄 수 있었다. 소년은 자신의 마음이 약해지는 걸 느낄 수 있었다. 스스로가 그다지 미덥지 않았던 것이다. 심지어는 알 수 없는 공포가 예상치 못한 순간에 소년을 습격하기도 했다. 소년은 괴로웠다. '왜 굳이 이 소를 샀던 것일까?' 하지만 이내 생각을 되돌렸다. '이 정도는 돼야 진짜 바다소라고 할 수 있지!'

소년은 정말로 노래를 흥얼거리고 싶었다.

오후, 드디어 소가 말썽을 부리기 시작했다. 콧김을 뿜으면서 정말이지 무서운 얼굴로 성을 내었다. 순간 소년은 긴장했다. 소년은 고삐를 단단히 쥔 채 수시로 고개를 돌려 소를 살폈다. 소는 참을 수 없다는 듯 머리를 흔들어 대더니, 가슴팍에 머리를 박고서는 더 이상 한 걸음도 걸으려 하지 않았다. 소년은 고삐를 잡아끌었지만 소는 꼼짝도 하지 않았다.

"안 갈 거야?"

소년은 위협적으로 말했다.

안 가면 어쩔 테냐? 이렇게 말하는 듯 소는 완강하게 버티고 서 있었다.

"어디 두고 봐!"

소년은 소에게 본때를 보여 줘야겠다고 생각했다. '녀석이 사람을 잘못 봤다는 걸 알게 해 줘야겠다. 길은 아직도 먼데, 이렇게 제멋대로 하게 내버려 둘 수는 없지 않은가!' 소년은 손에 닿는 대로 길가의 나뭇가지 하나를 꺾었다.

"갈 거야, 안 갈 거야?"

소년은 경고하듯이 말했다.

"그래도 안 가겠다면, 너를 때려 줄 테다!"

소는 오만하게 머리를 흔들더니 소년을 길가로 내몰았다.

소년은 비틀거렸다. 다급해진 소년은 나뭇가지를 휘둘러 소를 때렸다. 소는 처음 몇 차례는 가만히 맞고 있었다. 그러다 갑자기 앞으로 달려가기 시작했다. 고삐가 소년의 손에서 빠져나가더니 큰길을 따라 날아가 버렸다.

"거기 서!"

맨발인 채로 소년은 죽을힘을 다해 쫓아갔다.

소는 소년의 말 같은 건 신경 쓰지 않았다. 소는 거대한 파도 같은 몸체를 흔들며 내달렸고, 발길에 채인 진흙이 이리저리 날아다녔다.

"거기 서!"

소년은 진흙탕에 발이 빠져 자꾸만 넘어졌다. 눈앞에는 온통 별이 번쩍였다. 소년은 땅을 짚고 일어났다. 이마에는 진흙이 잔뜩 묻어 있었고, 뺨은 땅바닥에 쓸려 핏자국이 맺혔다. 코에서는 두 줄기 코피가 흘러내렸다. 소년은 앞에서 날뛰고 있는 커다란 소를 바라보았다. 머리는 보이지 않고 두 뿔만이 눈에 들어왔다. 쉴 새 없이 땅을 박차고 있는 네 발과 담벼락같이 탄탄한 엉덩이, 그리고 공중을 휘젓는 꼬리만 보일 따름이었다. 땅바닥에 엎드려 올려다보니 날뛰는 바다소가 더 크고 기백 있게 보였다. 씨익 절로 웃음이 번져 나왔다. 손등으로 코피를 문지르며, 소년은 환호하듯 소리를 질렀다.

"거기 서!"

소년은 벌떡 일어나 후닥닥 달려갔다.

얼마나 멀리 쫓아갔는지 알 수 없을 정도로 한참 쫓고 있을 때, 소가 갑자기 멈춰 섰다. 시멘트로 만든 다리를 건너다가 그만 고삐가 다리 틈에 끼어 버린 것이다.

소년은 다시 고삐를 잡았다. 소를 한 대 때려 주고 나서, 소년은 소를 끌고 갈 길을 재촉했다. 오후 내내 소년은 걷기도 하고 뛰기도 하고 끌기도 하고 밀기도 하며 계속해서 고함을 지르고 욕을 하고

땀을 흘리며 숨을 헐떡거렸다. 그렇게 큰 소를 다룬다는 것은 정말로 어려운 일이었다.

밤의 날개가 천천히 세상을 뒤덮었다. 소년은 지치고 배가 고팠다. 두 다리는 더 이상 움직일 수도 없었다. 나무에 고삐를 단단히 매어 두고 소년은 늙은 나무 한 그루에 몸을 기댔다. 온몸에 힘이 빠져 소년은 나무 기둥을 따라 스르르 풀밭으로 흘러내렸다.

짙푸른 하늘에는 별이 반짝였다. 구름 한 점 없는 하늘에서 달과 별이 마을과 들판, 강줄기를 비추고 있었다. 투명한 공기를 뚫고 저 멀리까지 다 보였다. 가까이로는 희미하게나마 풀 줄기까지 구분할 수 있었다. 멀지 않은 곳에 큰 강이 흐르고 있었다. 물빛은 아득하게 보였다. '쿨렁쿨렁' 하는 물소리만 밤하늘에 퍼져 나갈 뿐, 온 들판에 개미 소리조차 들리지 않았다. 그 순간이야말로 그날 하루 중에서도 가장 고요한 시간이었다.

들판을 휩싸고 있는 늦여름 밤은 벌써 서늘했다. 게다가 배가 고프다 못해 등가죽에 달라붙은 데다 낯선 들판인지라 소년은 잠이 오지 않았다. 별이 빛나는 하늘을 바라보며 소년은 생각에 잠겼다. '우리 집은 어느 별 아래 있을까? 할머니, 지금도 새끼를 꼬고 계세요?'

연로하신 할머니는 손자를 위해서 추운 겨울, 더운 여름을 마다하지 않고 새끼를 꼬았다. 세월이 10여 년 흐르면서 짚을 다듬던 돌도 가운데가 옴폭 파였다. 할머니의 손 가죽은 닳고 닳아 거칠어졌다. 생활이 궁색할 때면 앉은 채로 밤을 새우기도 했다. 그렇게 새끼를 꼬다 보면 어느덧 사방이 밝아 오는 것이었다. 벗겨진 손바닥에서 막 돋아난 새살은 하루도 쉬지 않고 새끼를 꼬는 바람에 다시 벗겨져 나갔다. 새빨갛게 물든 핏자국을 볼 때면 소년의 눈에서는 눈물이 솟구쳤다. 그럴 때면 할머니는 늘상 괜찮다는 말씀만 하셨다. 지금까지 할머니가 꼰 새끼줄을 다 모은다면 그 길이가 도대체 얼마나될까? 그 무게를 달 수나 있을까?

"할머니, 할머니……."

소년은 참지 못하고 가만히 할머니를 불러 보았다.

고개를 돌리자 땅바닥에 엎드려 있는 소가 보였다. 소도 별이 빛나는 하늘을 바라보고 있었다. 어둠 속에서 소의 커다란 두 눈이 빛을 발했다. 기다란 뿔은 더 길고 아름답게 보였다. 달빛이 비치자 소의 매혹적인 실루엣은 온통 은빛으로 빛났다.

소년은 소에게 다가갔다. 매끈한 소의 몸에 가만히 기대앉은 소년은 자신의 뒷덜미를 소의 몸에 다정하게 비비며 하늘의 별을 바라보았다. 마음속에선 달콤한 행복감이 피어올랐다. '할머니, 할머니께서 이 소를 직접 보실 수 있다면 얼마나 좋겠어요. 제가 이 소를 몰고 집으로 돌아간다면 할머니는 신이 나서 눈물을 흘리시겠죠? 할머니, 소를 데리고 돌아갈 테니 기다리세요.'

그 순간 소년은 할머니가 하루에 세 번씩 손수 밥을 해야 한다는 사실이 떠올랐다. '설마 마른 장작에 불꽃이 튀지는 않았겠지?'

어두운 밤, 시간은 소리도 없이 흘러가고 있었다. 몇 시인지도 알수 없었다. 저 멀리 강기슭에 부딪치는 물소리가 어느덧 할머니의 짚풀 다듬는 망치 소리처럼 들렸다. 거의 매일 밤 소년은 할머니의 망치 소리를 자장가 삼아 잠이 들곤 했었는데. 소년은 눈을 감고 잠에 빠져들었다.

시간이 얼마나 흘렀을까. 소년은 추위에 잠이 깼다. 스멀스멀 스며드는 차가운 밤바람에다 비어 있는 창자까지, 소년은 온몸을 덜덜 떨며 두 팔로 온몸을 꼭 감싸 안았다. 그러다 갑자기 할머니 생각이 난 소년은 벌떡 일어나 고삐를 잡고 길을 재촉했다.

달빛이 흔들리고 있었다. 하늘을 향해 힘껏 뻗어 오른 작은 나뭇가지 끝이 자유로운 밤바람에 흔들리며 휘파람 소리를 냈다. 관목 숲 꼭대기가 달빛에 반짝거렸다. 저 먼 곳에 소달구지를 모는, 혹은 풍차를 지키는 노인이 하나 있을 것만 같았다. 소년은 적막을 떨쳐 내기 위해 노래를 흥얼거렸다. 나지막한 그 소리는 가늘게 떨리고 있었다.

언제인지도 모르게 달이 저물었다. 황야는 몽롱하고 그윽했다. 갈대, 나무, 물소리, 모든 것이 다 환상과도 같이 손에 잡히지 않았다. 멀리서 빛나는 도깨비불은 마치 유령이 배회하는 것처럼 보였다. 들판의 영혼들이 온 하늘을 떠돌며 탄식하고 있었다.

소년은 소 곁에 찰싹 달라붙었다. 바다소는 소년의 손등에 뜨거운 열기를 뿜어 주었다. 소년은 노래를 흥얼거렸다. 소년의 목소리는 가늘게 떨리면서 밤하늘 아래서 춤을 추었다.

강에는 다리가 없었다. 뱃사공은 달콤한 잠에 빠져 있었다. 아득한 강을 바라보면서 소년은 주저주저 결심을 하지 못하고 있었다.

'할머니가 마른 장작에 불똥을 튀긴 건 아니겠지?'

이 질문은 물귀신처럼 그에게 매달려 떨어지지 않았다. 소년은 곧 강물 속으로 소를 몰아넣고 그 등에 올라탔다. 소는 강 속으로 헤엄쳐 들어갔다. 잔물결을 가르는 물장구 소리가 났다. 소의 몸뚱이가 재빠르게 물속으로 잠겨 들었다. 소년의 아랫도리도 차가운 강물에 잠겼다.

별빛이 흐릿해지고 멀리 맞은편 강가에서 반짝이던 등불도 점점 사라져 갔다. 안개가 피어오르기 시작한 것이다. 새하얗던 강물이 점점 검은빛으로 바뀌어 갔다.

소년은 강가로 되돌아가고 싶었다. 하지만 소년의 주먹은 계속해서 소를 재촉하며 강을 건너고 있었다.

안갯빛은 투명했다. 마치 보드라운 면사가 흩날리는 것처럼 보였다. 잠시 후에는 점점 짙어지더니 젖은 장작을 태울 때 일어나는 연기처럼 솟구치면서 이리저리 퍼져 가며 소년을 쫓아왔다. 소가 강 한가운데 이르렀을 때에는 어느새 짙은 안개에 둘러싸이게 되었다. 그 순간 온 우주가 안개에 밀폐되기라도 한 것처럼 별빛 한 줌도 보이지 않게 되었다.

안개. 끝도 없이 펼쳐진 안개가 이제 갓 열다섯이 된 소년을 향해 달려들어 그를 휘감으며 밀려들었다. 물소리는 안개 속으로 공허하게 울려 퍼졌다. 소년의 마음은 한껏 위축되었다. 소년은 자신의 몸이 짙은 안개에 밀려 가련하기 그지없는 작은 점으로 변한 것 같은 생각이 들었다. 그는 사방을 둘러보았다. 그는 안개에 갇혀 버린 것이다! 그는 무의식적으로 안개를 밀쳐 내려고 했다. 부드럽지만 결코

밀쳐 낼 수 없는 이 안개 앞에서 소년은 그야말로 무기력하기만 했다.

바람이 점점 거세어졌다. 그것은 북방의 광야에서 불어오는 것이었다. 큰 강이 흔들리기 시작했다. 물결이 일며 쏴쏴 부서지는 소리가 났다. 축축한 안개가 퍼져 있는 하늘에서 물새가 처량한 울음을 울고 있었다. 소는 마치 한 척의 조각배처럼 보이지 않는 물결 속에서 헤엄을 쳤다. 물살은 계속 소뿔에 부딪혀 부서지며 무수한 물방울이 되었다. 오른쪽 왼쪽 두 줄기로 튀어 오르는 물방울들이 소년의 얼굴을 때렸다. 순식간에 옷이 젖어 깡마른 소년의 몸에 찰싹 달라붙었다.

열다섯 살이 되도록 소년은 이렇게 짙고 거대한 안개를 건너 본 적이 없었다. 게다가 이렇게 거친 강은 처음이었다. 소년은 두려움이 가득한 눈으로 앞을 뚫어져라 쳐다보았다. 그러나 아무것도 보이지 않았다. 빛도 없었다. 한 가닥 생기도 없었다. 거기에는 아무것도 없었다. 무정하게도 대자연은 사람을 전율케 하는 공포의 힘을 펼쳐 보이고 있었던 것이다.

할머니의 품에서 15년을 지낸 소년에게 그것은 너무 일찍 경험한 고난이었다. 소년은 고난을 겪어 본 적이 없었다. 인간 세상의 고통도 몰랐다. 소년의 담력은 아직 제대로 갖춰지지도 않았던 것이다. 검은 파도가 소년의 몸을 향해 정면으로 덮쳐 올 때, 소년은 두 눈을 꼭 감아 버렸다. '내가…… 내가 소를 사러 가는 게 아니었어!'

바다소는 쉴 새 없이 귀를 흔들며 울음소리를 냈다.

소년은 너무나도 두려웠다. 소년은 하늘을 올려다보았다. '별이 어디 있지?' 소년은 조그만 별빛 하나가 너무나도 그리웠다. 하지만 거기에 별빛이 어디 있으랴! 별은 없었다. 별은 없었다. 가녀린 어깨와 아직 다 성숙하지 못한 소년의 영혼은 인생의 짐을 짊어지기에는 역부족이었다.

자기 연민에 빠져 있던 소년은 갑자기 화가 나기 시작했다. 그리고 그 화는 점차 뭐라 말할 수 없는 분노로 변해 갔다. 그런데 이 분노를 누구에게 쏟아 낼 것인가? 소년은 갑자기 하늘나라에서 편안히 쉬고 있을 아버지에게 까닭 없는 분노를 쏟아 내기 시작했다.

"아빠, 어째서 그렇게 일찍 돌아가셨어요? 어째서 그렇게 일찍 돌아가셨냐고요! 아빠, 이렇게 어린 저를 남겨 놓고 혼자 하늘나라로 가시다니, 어떻게 그럴 수 있어요! 어떻게요! 저는 아직도 어려요. 이제 겨우 열다섯 살이라고요. 그런데 아빠는 어린 저에게 이렇게 무거운 짐을 지게 하시다니. 아빠는 너무 잔인해요! 너무한다고요! 아빠가 미워요! 정말로 미워요!"

소년은 어머니 생각은 하지 않았다. 아이를 버리고 간 어머니는 얼마나 부끄러운 존재인가! 소년은 이제껏 자신에게 어머니가 있다고 느꼈던 적이 없었다. 소년은 아빠가 원망스러울 따름이었다. 그래서 소년은 큰 소리로 울었다. 생각해 보라! 지금 이 순간, 그와 같은 또래의 얼마나 많은 아이들이 아빠의 품속에서 달콤한 잠에 빠져 있겠는가!

안개는 무형의 거대한 괴물같이 몰려들며 소년을 짓누르고 있었다. 소년은 갑자기 덜덜 떨더니 이내 소 등 위에 올라섰다. 그러더니 가느다란 두 팔을 휘두르며 끝없이 펼쳐진 하늘을 향해 힘껏 고함을 질렀다.

"할머니!"

한 차례 고함을 친 후 소년은 쥐 죽은 듯 조용해졌다. 온몸의 기력이 다 빠져나가 하나도 남지 않은 듯했다. 소년은 스르르 소의 등 위로 쓰러졌다. 지금 소년에게 남은 건 이 소밖에 없었다.

"소야, 소야, 바다소야……."

소년이 눈을 떴을 때는 이미 해가 떠 있었고, 소는 높은 둑 위에 서 있었다. 굽어보니 노란 아침노을이 맑게 개여 고요해진 강물을 비추고 있었다.

소년은 고함을 질러 아침 들판의 적막을 깨뜨렸다. 소의 넓은 등판에 엎드려 소년은 엉엉 울음을 터뜨렸다.

오늘은 집으로 돌아가는 둘째 날이다. 배고픔과 추위, 공포, 그리고 소와의 끊임없는 싸움은 소년의 체력을 거의 바닥내 버렸다. 소년의 마음이 갈팡질팡하기 시작했다. 식은땀이 흐르고 입술은 창백해졌으며 두 눈은 어지러웠다. 다리는 이제 막 세상에 나와 처음으로 눈밭 위에 서 본 새끼 양처럼 덜덜 떨렸다. 발바닥은 벌써부터 찢어져 피가 맺혀 있었다.

그에 반해 소는 이제야 자신의 진정한 모습을 보여 주기라도 하려는 듯 기운찬 모습이었다. 그 짐승은 소년의 기력이 소진되면 자신의 위력을 다시 보여 주려고 기다리며 일찍부터 계획을 세워 놓기라도 한 듯했다. 소는 땅바닥에 엎드린 채 일어서려 하지 않았다. 소년이 아무리 재촉을 해도 소는 죽어도 일어서려고 하지 않았다. 커다란 꼬리를 흔들어 땅바닥에 구덩이를 파면서 흙먼지만 날리고 있었다.

결국 소년이 길가에 주저앉아 숨을 돌리려고 할 때였다. 소가 갑자기 일어서더니 앞으로 돌진해 나갔다. 소년도 일어나 소를 쫓아갈 수밖에 없었다. 처음에 소는 자갈길로 달려갔다. 소년의 발바닥은 뾰족한 자갈에 찔려 정말 고통스러웠다. 그런데 이번에는 물속으로 들어가는 것이었다. 이제 겨우 마른 소년의 옷이 다시 축축해졌다. 소는 자신의 주인을 괴롭히려는 듯했다. 쉬지 않고 괴롭혀 결국은 스스로 무너지도록 만들려는 것이었다. 소는 진정한 바다소만이 가질 수 있는 사나움과 완고함, 그리고 야성을 드러내고 있었다.

소년은 소를 통제할 힘을 점점 잃어 갔다. 소년은 소가 하는 대로 따라다닐 수밖에 없었다. 소년은 이를 악물고 이리저리 소를 쫓아다녔다. 몇 번이나 넘어지고는 또다시 일어났다. 소년은 입을 크게 벌린 채 숨을 헐떡거렸다. 얼굴빛이 누렇게 뜨고 눈앞이 새까맸다. 몸 안의 수분을 모두 쏟아 내 버린 소년의 입술은 갈라지고 터져 새빨간 피가 흘렀다. 더 이상 소를 데리고 돌아갈 수 없으니 포기하고 싶다는 생각을 몇 번이나 했는지 모른다.

소와 서로 짜기라도 한 듯, 대자연은 정말이지 고약하기 짝이 없는 열악한 조건을 만들어 냈다. 먹구름이 몰려오기 시작했다. 처음에는 산들바람이던 것이 순식간에 거센 바람으로 돌변하여 쉭쉭 소리를 내며 들판을 휩쓸었다. 사방에서 불어오는 충격파*에 나무가 부러지는 날카로운 소리가 들리고, 마른 풀 더미가 공중을 날아다녔다.

소년은 고개조차 들 수 없었다. 소년은 몸을 옆으로 돌린 채 팔로 눈을 가리고는 소를 재촉했다. 빗방울이 떨어지기 시작했다. 먼지로 가득한 흙길에 흙먼지가 날리기 시작하더니 마치 아지랑이가 피어오르듯 눈앞을 가렸다. 소년은 고개를 들어 무정한 하늘을 쳐다보고는 비바람을 피할 장소를 찾았다. 소는 자신에게 유리한 이 기회를 놓치지 않으려는 듯, 땅바닥에 발을 붙이고는 죽어라고 주인의 말을 듣지 않았다.

잠깐 사이에 폭풍우가 몰려왔다. 톱날 모양의 번개가 하늘을 갈랐다. 천둥소리에 흥분한 소는 '음머 음머' 울부짖었다. 비는 분노의 손길처럼 땅 위를 휩쓸었다. 쏟아지는 빗줄기는 도저히 뚫고 나갈 수 없는 비의 담장을 만들었다. 사방은 온통 물바다였다. 내뿜듯이 쏟아지는 빗줄기는 사방에 내리꽂히면서 모든 것을 삼켜 버렸다. 번개는 끊임없이 강물에 떨어지며 피시식거리는 소리를 냈다. 대자연은 웅장하면서도 험악했고, 아름다우면서도 잔인했다.

소년은 눈을 뜰 수가 없었다. 쏴아쏴아 쏟아지는 빗줄기에 소년은 숨조차 쉴 수 없었다. 바람은 보이지 않는 거대한 뿔로 소년을 향

＊충격파 보통의 음속보다도 빠르게 전파되는, 공기 중에 생긴 급속한 압축 기류. 화약이 폭발하거나 물체가 초음속으로 날아갈 때 생긴다.

해 모질게 달려들었다. 마치 소년을 그대로 휩쓸어 버리기라도 할 듯했다.

소년은 고삐를 쥔 채 힘겹게 소를 몰았다. 그런데 갑자기 소년의 얼굴에 흙탕물을 튀기면서 소가 앞으로 내달리기 시작했다. 쏟아져 내리는 빗물이 소년의 얼굴을 씻겨 주면, 소의 발굽에서 튀긴 흙탕물이 다시 소년의 얼굴을 덮쳤다. 게다가 소는 계속 꼬리를 흔들며 소년을 때렸다. 소년은 참고 있을 수밖에 없었다. 소년은 소를 통제할 기력을 완전히 상실해 버렸다. 보아하니, 소는 소년의 손에 쥐인 고삐를 낚아챌 양으로 점점 더 빨리 뛰었다.

바짝 말라붙었던 흙 밭에 빗물이 닿자 땅은 질척질척 발이 쑥쑥 빠졌다. 아교처럼 발에 달라붙어 떨어지지 않는 진흙 밭을 걸어가면서 소년은 이를 악물었다. 소년은 수시로 입을 벌려 하늘에서 내리는 빗물을 받아먹었다. 그렇게 해서라도 이틀이나 굶은 배를 채워가며 억지로 소를 쫓아가는 수밖에 없었다. 소년은 넘어져서 소에게 5미터나 끌려가기도 했다.

소가 멈춰 섰다. 한참 후에야, 소년은 겨우 발버둥 쳐 흙탕물 속에서 일어날 수 있었다. 소년은 소와의 관계를 바꾸고 싶었다. 그래서 있는 힘껏 소 앞으로 달려갔다. 소를 쫓아가던 소년은 이제는 소를 끌고 가고 싶었던 것이다.

갑자기 소가 난폭하게 굴었다. 소가 거세게 머리를 내젓자 '파' 하는 소리와 함께 고삐가 끊어져 버렸다.

소년은 땅바닥에 내동댕이쳐졌다. 소년이 일어섰을 때, 소는 이미 겹겹의 빗물 장막 너머로 사라져 버리고 없었다. 소년은 다급해져서 소를 향해 소리를 질렀다. 소가 울었다. 울음소리로 봐서 왼쪽으로 50미터쯤 떨어져 있는 것 같았다.

소년은 머리를 숙이고 냅다 달려갔다. 한참을 쫓아가서야 희미하게 소의 모습이 보이기 시작했다. 소년은 쓰러질 듯하여, 길가에서 막대기 하나를 주워 기대서서는 멀리 보이는 시커먼 그림자를 뚫어져라 쳐다보았다. 그것은 소년의 소였다.

"내가 정말 이것밖에 안 되는 거야?"

소년은 소에게 휘둘리는 자신이 싫었다.

소년은 또다시 쓰러졌다. 그 바람에 허리를 다쳤고, 더 이상 일어설 수 없게 되자 이를 악물고 소에게로 기어갔다. 그때서야 소년은 자신이 패배했음을 인정하지 않을 수 없었다.

커다란 소는 폭풍우 속에서도 늠름하게 서 있었다.

소년은 소를 향해 기고 또 기어, 마침내 소 앞에 이르렀다. 소년은 손으로 두 눈을 가리고 소를 보며 울음을 터뜨렸다. 거대한 빗줄기가 쏟아져 내리고 천둥이 우르르 쾅쾅거리는 속에 거만하게 버티고 서 있는 소는 소년을 거들떠보지도 않았다. 소년은 소를 바라보며 목이 메어 울었다. 날씨는 점점 더 사나워졌다. 그런데 소년이 갑자기 소 앞에 무릎을 꿇는 것이 아닌가!

커다란 소는 하늘을 향해 '음머 음머' 두 차례 울었다. 소는 자신의 주인을 업신여겼다. 그러더니 요 이틀 새 처음으로 비정상적인 상황이 벌어졌다. 소가 고개를 돌리더니 바다 쪽으로 달려가는 것이었다.

소년은 여전히 비를 맞으며 멍하니 꿇어앉아 있었다.

소는 지금이라도 당장 바닷가로 돌아가기라도 하려는 듯 점점 더 빨리 달리기 시작했다.

그 순간 소년은 자신이 너무 어리석었다는 생각이 들었다. 그리고 방금 전 자신의 행동이 너무 후회스러웠다. 소년은 두 주먹을 불끈 쥐고 자신의 정수리를 때리고 가슴을 쳤다. 다음 순간, 두 주먹을 휘두르며 고함을 지르기 시작했다.

"꺼져! 꺼져! 어서 꺼져 버리라고!"

한참 고함을 치던 소년은 갑자기 벌떡 일어나서는 자신도 믿기지 않을 정도로 빠른 속도로 소를 쫓아가기 시작했다. 진흙탕 속에서 소는 '파다 파다' 하는 발굽 소리를 내며 달렸다. 소는 커다란 둑을 달려 내려갔다. 소년도 따라서 내리 달렸다. 그런데 둑을 반 정도 내려오던 소년이 갑자기 미끄러져 버렸다. 소년은 턱턱 돌부리에 차이며 바닥까지 굴러 떨어졌다. 소년이 강가까지 쫓아가자 소는 다시 둑을 올라가기 시작했다. 그러고는 조롱하듯이 소년을 내려다보았다.

소년은 다시 진흙탕에 엎어졌다. 소년은 양팔을 벌려 두 손으로 힘없이 진흙을 쥐었다. 머리가 너무 무거웠고 얼굴과 뺨에도 차가운 흙탕물이 스며들었다. 소년은 눈을 감았다.

몽롱한 의식 속에서 할머니가 다리를 건너고 있었다. 한겨울, 한 자밖에 안 되는 나무다리를 뒤덮고 있는 흰 눈꽃은 찬 바람에 얼어 반짝반짝 빛나고 있었다. 할머니는 무겁디무거운 새끼줄 다발을 짊어진 채 얼어붙은 강 위에 매달려 있는 얼음 다리를 건너오고 있었다. 얼음 다리는 삐걱삐걱 소리를 냈다. 할머니는 새끼줄을 내다 팔러 읍내로 가는 길이었다. 마침 다리 끝에 서 있던 소년은 그 광경에 너무 놀라 손가락을 물고 있을 수밖에 없었다. 소년은 소리를 지를 수도 없었고 건너가 할머니를 부축할 수도 없었다. 그랬다가는 더 위험해질 것이기 때문이었다.

할머니는 날카로운 얼음 다리 가장자리를 쪼글쪼글한 손바닥으로 거머쥐고는 조금씩 조금씩 몸을 옮겨 놓고 있었다. 할머니의 새하얀 머리카락과 하얗게 바랜 옷자락이 찬 바람에 이리저리 흩날렸다. 소년은 울었다. 눈물이 어린 소년의 눈에는 할머니의 모습이 제대로 보이지를 않았다. 그저 할머니가 지고 있는 커다란 짐 더미가 천천히 움직이는 모습만 희미하게 보일 따름이었다. 할머니……. 그 무엇에도 굴하지 않는 할머니가 마침내 얼음 다리를 다 건넜다. 소년은 재빨리 할머니를 부축했다. 할머니의 이마에는 식은땀이 흥건했다.

"할머니!"

"걱정 마라!"

할머니는 그렇게 말했다.

마침내 소년이 두 팔로 간신히 몸을 지탱하며 일어났다. 그러고는 둑 위에 서 있는 바다소를 올려다보았다. 소는 꼼짝도 않고 엎드린 채 주저하듯이 넓고 아득한 하늘을 바라보고 있었다. 몽롱한 비의 장막 속에 서 있는 소의 모습은 더 크고 위풍당당했다. 그 장엄한 모습은 마치 강의 신과도 같았다. 소년의 가슴이 마구 뛰었다. '아! 정

말 멋지다!'

소는 한 차례 발을 구르더니, 푸르르 소리를 냈다.

"거기 서!"

소년은 흥분된 마음을 누르고 경멸하는 태도로 소를 노려보았다.

폭우로 인해 거칠어진 강물은 진흙과 나무줄기, 잡초를 이리저리 휩쓸며 질주하고 있었다. 소년은 강가로 기어가서 벌컥벌컥 물을 들이켰다. 강가의 갈대 뿌리에는 새우가 매달려 있었다. 너무 굶주린 소년은 새우를 보자 입에 침이 가득 고였다. 소년은 손을 뻗어 두 마리를 잽싸게 낚아채서는 단번에 삼켜 버렸다. 그 맛은…… 정말로 달콤했다. 소년은 두 손으로 새우를 마구 잡기 시작했다. 새우를 쉴 새 없이 집어삼키는 소년의 모습은 야만스럽기까지 했다.

어느새 배도 채우고 갈증도 해소한 소년은 몸을 일으켰다. 그는 한 차례 크게 숨을 들이켜고는 소를 쳐다보았다. 소는 자신의 주인이 뭔가를 하려고 한다는 사실을 눈치챈 듯 코를 벌름거리며 쉭쉭거리고 있었다.

소년은 곧장 소에게 달려들지는 않았다. 그는 바지 자락을 접어 올린 후 소에게 시선을 고정했다. 눈동자에는 독기가 번뜩였다. 소가 반대편으로 고개를 돌리자마자, 소년은 미끄럽고 가파른 강둑을 오르락내리락하면서 순식간에 강둑 꼭대기에 이르렀다. 그러고는 단번에 고삐를 낚아챘다. 소가 앞으로 달려나가는 바람에 소년은 다시 쓰러졌지만, 고삐는 절대로 놓치지 않았다. 소는 소년을 매단 채로 내달리면서 뒷발로 소년의 배를 걷어찼다. 하지만 소년은 있는 힘껏 꼬리를 잡고 있었다. 몸뚱이가 진흙 밭에서 이리저리 굴렀고, 돌조각에 소년의 옷이 찢어지고 무릎이 까졌다.

"갈 테면 가 봐라. 그래 가 봐! 그래도 절대로 손을 놓지는 않을 거다!"

소년은 두 눈을 꼭 감은 채 소에게 끌려다닐 준비를 했다. 두 눈을 제외하고는, 온몸과 얼굴, 머리카락이 온통 진흙 범벅이 되어 마치 늪에서 막 빠져나온 사람 같았다. 소년이 지나간 자리에는 깊은 골이 패었고, 그 골은 점점 더 길게 늘어졌다.

소가 마침내 멈춰 섰다.

소년은 일어나 소의 눈앞에 서서는 처음으로 소를 비웃어 주었다.

"어디 뛰어 봐라, 뛰어 봐!"

소년은 그렇게 말하면서 허리에 차고 있던 줄을 풀었다. 소년이 소에게 고삐를 걸려는 순간, 소가 갑자기 날카로운 뿔을 휘둘렀다. '찍' 하는 소리가 나며 소년의 옷이 찢어졌다. 소년은 심장을 찌르는 듯한 고통을 느꼈다. 고개를 숙여 내려다보니 찢겨진 배에서 피가 흘러내렸다.

잠시 비가 그쳤다.

소년은 상처 난 자리를 손으로 쥐고는 멀리 달아나는 소를 바라보았다. 소년은 그런 소의 성깔이 좋았다. 흙탕물소는 마음에 들지 않았다. 흙탕물소는 쉽게 길이 들고, 사람들에게 업신여김을 당할 뿐만 아니라, 저런 성깔도 가지고 있지 않기 때문이다. 피가 줄줄 흘러내리고 있었지만, 소년은 신경 쓰지 않고 계속해서 소를 쫓았다. 피로 흥건하게 젖은 천 조각이 바람 속에서 펄럭, 펄럭, 펄럭거렸다. 그 소리는 열다섯 소년의 용기를 더욱 북돋워 주었다. 순간 소년은 자신이 대단히 멋진 사람처럼 생각되었다.

소년은 기지를 발휘하여 길을 가로질러 갔다. 소보다 앞서간 소년은 길 위에 가로놓인 고목의 가지로 기어 올라갔다. 소년이 있는 쪽으로 소가 달려오고 있었다. 소년은 달려오는 소의 등 위로 정확히 내려앉았다. 놀란 소는 발을 구르며 이리저리 뛰어다녔지만, 소년은 고약*처럼 소의 몸뚱이에 달라붙어 떨어지지 않았다. 소의 털을 움켜쥔 소년은 조금씩 조금씩 소의 목덜미 쪽으로 기어갔다. 소가 소년을 떨어뜨릴 양으로 엉덩이를 차올리자, 소년은 도리어 쉽게 목덜미까지 미끄러져 갈 수 있었다. 목덜미에 도달한 소년이 재빠르게 소의 뿔을 움켜쥐었다.

소는 사납게 머리를 흔들어 댔다. 오른쪽으로, 왼쪽으로, 위로, 아래로 머리를 뒤흔들며, 소는 소년을 땅바닥에 내리꽂으려 했다. 그때 소년은 그 일이 얼마나 위험한지를 알지 못했다. 소년은 열다섯 살 소년으로서는 보여 주기 힘든 냉철함과 강건함, 그리고 모든 것을 정복하려는 듯한 야성을 드러내고 있었다. 그는 두 다리로 소의 목을 단단히 조이고는 죽을힘을 다해 소뿔을 잡아당겼다.

---

*고약(膏藥) 주로 헐거나 곪은 데에 붙이는 끈끈한 약.

소년과 소는 모두 필사적이었다!

몇 차례 소의 등에서 떨어졌지만, 소년은 다시 소의 뿔을 잡고 소의 목으로 타고 올랐다. 소는 달리고 요동치고 날뛰었다. 하지만 어떻게 해도 자신의 주인을 떼어 버릴 수 없었다. 소는 숨을 헐떡이기 시작했다. 소년은 소의 뿔에서 한 손을 떼어 자신의 허리에 차고 있던 줄을 풀면서, 눈으로는 소의 코에 걸린 코뚜레의 구멍을 뚫어져라 쳐다보았다.

소는 위협을 느끼면서도 더 이상 그전처럼 사납게 굴지 않았다. 하지만 소년이 무엇을 하려는지 알게 된 순간, 소는 그래도 패배를 인정하지 않겠다는 듯 마지막 발버둥을 치려고 했다. 소년이 손을 뻗어 코뚜레를 잡으려는 순간, 소는 맹렬하게 위로 뛰어올랐다. 하지만 소의 마지막 발버둥은 실패로 돌아가고 말았다. 소 주인이 두 손으로 소의 목을 껴안고는 입으로 그 목덜미를 물어뜯었던 것이다!

소는 단번에 무너졌다. 마침내 흙탕물 속에 두 무릎을 꿇은 것이다. 소는 주인이 고삐를 매도록 얌전히 앉아 있었다. 소의 눈에 눈물이 고였다. '설마, 소가 울 수 있다는 걸까? 혹 그렇다고 해도 이 소는 왜 우는 거지?'

소년은 소의 눈에 맺힌 눈물을 닦아 주었다. 그들이 가야 할 길도 이제 얼마 남지 않았다. 하지만 소년의 몸뚱이는 마지막 남은 힘을 짜내는 것도 힘겨웠다. 소년은 너무나 피곤했다. 팔뚝에 고삐를 칭칭 감은 소년은 길가 풀숲에 쓰러져 눈을 감았다. 몽롱한 상태에서 소년은 또 비가 내리고 있다는 걸 느낄 수 있었다. 하지만 소년을 눈을 뜰 힘이 없었다. 그는 비를 맞으며 깊은 잠에 빠져들었다.

소년이 잠에서 깼을 때는 날이 막 밝아 오던 때였다. 하늘에는 아직도 가느다란 빗줄기가 흩날리고 있었다. 그런데 이상하게도 소년의 옷은 체온에 의해 다 말라 있었고 축축한 기운을 전혀 느낄 수 없었다.

소년은 소를 쳐다보았다. 소의 몸은 비에 젖어 뚝뚝 물기가 흘러내리고 있었다. 소년은 땅바닥을 내려다보았다. 소가 서 있는 네 개의 발자국 외에는 어디에서도 발자국을 찾아볼 수 없었다. 그 밤이 다 새도록 소는 이렇게 꼼짝 않고 선 채로 소년이 비를 맞지 않도록 지붕 노릇을 해 주었던 것이다.

소년은 소를 올려다보았다. 소의 눈은 너무나도 아름다웠다. 그리고 그 눈빛은 따사롭고 맑았다. 소년은 입술을 바르르 떨며 일어나더니 갑자기 두 손으로 소의 목을 끌어안았다. 그러고는 소의 이마에 두 볼을 부비며 큰 소리로 울었다. 소년은 소의 목덜미에 얼굴을 부비면서 한 방울 두 방울 눈물을 떨구었다.

마지막 빗줄기가 가시고 하늘이 완전히 갰다. 동쪽에서 붉은 노을이 층층탑처럼 솟구쳐 오르더니 들판의 모든 것들을 황금빛으로 물들였다. 그 붉은빛은 앞길을 인도하는 천체와도 같이, 들판의 끝자락에서 요동치며 심연으로부터 솟구쳐 올랐다.

소년은 소의 등에 올라탔다.

~~

이제는 마을이 보였다. 소는 햇살을 받으며 걸었다. 그 소는 마침내 자신의 집을 찾아온 듯이 보였다. 음머 하는 외마디 울음을 길게 빼 울면서 소는 마을 앞 큰길을 따라 신나게 달려 나갔다. 마을 어귀에 도착하자 소년은 소의 등에서 뛰어내렸다. 벌써 멀리서부터 바다소가 오는 모습을 본 마을 사람들이 하나둘 달려오고 있었다. 겨우 나흘밖에 안 됐는데도 사람들은 소년을 알아보지 못했다.

소년의 옷은 갈가리 찢겨 천 조각 몇 가닥만 걸치고 있을 뿐이었고, 몸과 손에는 온통 진흙과 상처, 핏자국투성이였다. 소년은 차마 눈 뜨고 볼 수 없을 정도로 비쩍 말라 있었다. 앙상한 뼈만 남은 소년의 몸뚱이는 산들바람에도 그만 쓰러져 버릴 것만 같았다. 앙상한 얼굴은 검게 그을린 데다 광대뼈가 불쑥불쑥 솟아 있었고, 움푹 파인 두 눈만이 예전 그 어느 때보다도 밝게 빛나고 있었다. 그 눈동자는 마치 새까만 구슬이 어둠 속에서 반짝이는 것처럼 보였다.

소년은 소뿔에 고삐를 칭칭 감고서는 소의 머리를 토닥토닥 두드렸다.

"가거라! 어서 들판으로 가!"

소년은 이제부터 영원히 그 소가 소년의 곁을 떠날 수 없으리라는 사실을 너무나 잘 알고 있었다. 소년은 빠른 걸음으로 집으로 향했다. 어서 집에 가서 할머니를 뵙고 싶었다. 종종걸음을 치던 소년은 달리기 시작했다.

갑자기 소년이 멈춰 섰다. '무슨 일이지? 왜 이렇게 많은 사람들이 집을 에워싸고 있는 거지?'

한순간 정적이 흘렀다.

소년의 눈에는 여기저기 흙탕물이 묻고 온몸이 축축하게 젖은 사람들의 검게 그을린 얼굴이 보였다. 그들의 얼굴은 마치 짙은 연기를 뒤집어써서 그을음이 묻은 것처럼 보였다. 그렇지 않아도 거친 촌마을 사람들의 표정에는 뭔가 침통함 같은 것이 섞여 있었다. 울타리는 쓰러져 있고, 여기저기 물통이 널려 있었다.

진흙탕이 돼 버린 마당에는 어지럽게 널린 수많은 발자국이 찍혀 있었다. 여기서 무슨 일이 벌어졌던 모양이다. 뭔가 소리를 치며 수습해야 할 일이, 무언가 이런 장관을 펼쳐 보인 어떤 격전이 있었던 모양이다.

소년은 혹 발생했을지도 모를 어떤 재난도 두렵지 않았다. 도리어 눈앞에 펼쳐진 광경에 감동하고 있었다.

사람들이 흩어지자 덜덜 떨며 문 앞에 서 있는 할머니가 보였다. 두 손으로 지팡이를 짚고 선 할머니의 눈동자는 손자가 돌아오기를 기다리며 정면을 응시하고 있었다.

"손자가 돌아왔어요!"

누군가 할머니의 귀에 대고 가만히 속삭였다.

덜덜 떨던 할머니는 지팡이를 놓고, 두 팔을 뻗더니 관절이 굳어 곧게 펴지지도 않는 손가락을 펼쳐 앞을 더듬었다. 그 모습은 마치 소년을 꼭 끌어안으려는 듯했다. 앞으로 걸어 나오던 할머니는 그만 물통에 걸려 넘어졌다.

소년은 다급히 달려가서 할머니를 부축했다.

"할머니!"

할머니는 소년을 끌어안았다. 그리고 덜덜덜 떨리는 손으로 소년의 몸과 얼굴을 더듬었다.

"불꽃이 마른 장작에 튀었어……. 마을 사람들이…… 불을 꺼 주었단다."

소년은 고개를 돌려 무사히 남아 있는 초가집을 바라보았다. 그리고 언제나 자신의 일보다 먼저 소년과 할머니를 도와주는 선량한 마을 사람들을 쳐다보았다. 감격의 눈물이 콧등을 따라 흘러내렸다.

할머니는 울고 있었다.

소년은 열다섯이 되도록 할머니가 우는 모습을 본 적이 없었다. 그런 할머니가 울고 있는 것이다. 소년은 무릎을 꿇고 솟구쳐 흐르는 할머니의 눈물을 쉴 새 없이 닦아 드렸다.

"할머니, 왜 우세요? 울 일이 어디 있다고? 저도…… 이제……."

소년은 쑥스러웠지만 자랑스럽게 할머니의 귀에 대고 작은 소리로 말했다.

"저도 이제는 다 컸어요!"

할머니는 더욱더 서럽게 울었다. 수십 년간 쌓였던 눈물, 삶의 힘겨움과 즐거움, 고난과 행복, 슬픔과 기쁨을 담고 있던 오랜 눈물이 한껏 흘러내렸다.

그때, 멀리 들판에서부터 이곳 사람들이 이제껏 한 번도 들어 보지 못했던 커다란 소의 웅장하고 힘찬 울음소리가 들려왔다. 그 소리는 사람들을 흥분시켰다. '음머 음머' 하는 그 소리는 …….

미꾸라지

싼류는 두 손에 카를 받쳐 들고는
스진쯔의 눈앞에 내밀었다.
스진쯔도 두 손으로 받았다.
두 사람은 묵묵히 서로를 바라볼 따름이었다.
어느새 두 소년의 눈시울은 촉촉이 젖어 들었다.

이 지방에서 미꾸라지를 잡는 방법은 아주 독특했다. 갈대 줄기를 60센티미터 정도 길이로 잘라서는 한가운데에 줄을 매단다. 그리고 그 줄 끝에다 다시 1센티미터가 채 안 되는 가느다란 대나무 가지를 매다는 것이다.

대나무 가지는 바늘처럼 가느다랗게 양 끝을 다듬은 것이어서 '망(끈:가시)'이라고 불렀다. 그것을 다시 가위질한 오리털 꽁무니에 꽂은 후, 토막 낸 지렁이를 끼워 물속에 꽂아 둔다. 그러면 먹이를 찾던 미꾸라지가 지렁이를 보고는 냉큼 달려들게 된다. 하지만 미꾸라지가 지렁이 속에 '망'이 감춰져 있는 줄 어찌 알겠는가. 아무것도 모르는 미꾸라지가 지렁이를 꿀꺽 삼키면, 지렁이 속에 감춰져 있던 '망'이 쑥 빠져나와 목구멍에 걸리게 되는 것이다.

먹이를 삼킬 수도 뱉어 낼 수도 없게 된 가련한 미꾸라지가 발버둥을 치며 작은 물거품을 일으켜 보지만, 그것도 잠깐, 미꾸라지는 금방 옴짝달싹할 수 없을 정도로 기운이 빠져 버리는 것이다.

이 지방 사람들은 이렇게 미꾸라지를 잡는 도구를 '카[卡]'라고 불렀다. '卡[카]'라는 글자의 모양이 논바닥에 꽂혀 있는 도구의 모습과 아주 비슷하기 때문이다. 카는 저물녘에 꽂았다가 다음 날 이른 아침에 거둬들인다.

스진쓰와 싼류는 각자 카를 200개씩 가지고 있었다.

1년 중에 카를 꽂을 수 있는 날은 겨울에서 봄으로 넘어가는 30여 일 정도뿐이다. 그때가 지나면 농사지을 준비를 위해, 물을 빼고 논을 햇볕에 잘 말리기 때문에 더 이상 카를 꽂을 수 없다. 간혹 아직 물을 빼지 않은 논이 남아 있다 하더라도, 그때쯤엔 미꾸라지가 먹을 수 있는 먹이의 종류가 많아져서 지렁이를 보더라도 무턱대고 덤벼들지 않는다.

이른 봄, 이 고장의 들판 풍경은 색다른 맛이 있다. 어딜 가나 찰랑찰랑 물이 담긴 커다란 논이 펼쳐져 있고, 거기에 산들바람이 불기라도 하면 물 위를 퍼져 나가는 가느다란 파문이 그야말로 일품이다. 그런 걸 보면 분명 물에도 작디작은 생명이 스며 있나 보다.

바람이 더 세게 불 때면 논두렁에 부딪치는 물소리가 사방으로 퍼져 나간다. 그 소리는 아이의 속삭임처럼 부드럽고 따스하다. 이제 들판은 그 속삭임으로 인해 더 이상 무료하지도 적막하지도 않다. 좋은 햇살이 움푹움푹 쏟아져 내리는 정오가 되면, 수면에는 가늘게 부서지는 황금빛 햇살이 반짝반짝 펼쳐진다. 그 순간의 세상은 너무나도 매혹적이고 풍요롭다.

그런 들판에 스진쓰와 싼류가 뛰어들었다. 그들은 일이 있건 없건

간에 들판에서 뒹굴고 뛰어다니길 좋아했다. 논두렁에 앉아 마냥 넋을 놓고 있기도 했고, 뭔가 궁리를 짜내거나 상상의 나래를 펼쳐 황당무계한 이야기를 엮어 내기도 했다. 햇볕이 따스한 날이면 보송보송한 논두렁에 한일자로 누워 있기도 했다. 그럴 때면 귀청을 때리는 물소리가 얼마나 컸던지 심장이 쿵덕쿵덕 뛰었다. 그 소리는 사람을 빨아들이는 것만 같았다. 햇살 내음, 물 내음, 흙 내음이 마른 풀과 새싹의 향기와 하나로 섞이면, 그 냄새는 정말 기가 막혔다.

물론, 그들을 가장 매료시키는 것은 역시 논 여기저기 숨어 있는 미꾸라지였다. 펄떡펄떡 뛰는 미꾸라지 생각만 하면, 소년들의 가슴은 마구 설레었다.

하지만 두 소년의 사이는 별로 좋지 않은 듯했다.

스진쯔의 몸은 느릅나무처럼 튼실했다. 좁고 가느다란 눈에는 어떤 '음모' 같은 것이 숨겨져 있는 것 같았다. 피부는 평소 바람과 흙 속에서 뒹구느라 그을릴 대로 그을린 데다, 씻는 것까지 싫어해서 더욱 새까맸다. 그렇게 새까만 피부가 햇살을 받으면 꼭 질기디질긴 소가죽처럼 보였다. 스진쯔는 싼류를 고운 시선으로 보지 않았다. 스진쯔는 언제나 전혀 호의가 담기지 않은 눈빛으로 싼류를 흘겨보곤 했다.

겁이 많은 싼류는 그런 눈빛을 견디지 못했다. 스진쯔가 쳐다볼 때면 싼류는 언제나 고개를 숙이거나 다른 곳으로 멀리 피하곤 했다.

오늘 두 소년은 너무 일찍 들판에 나왔다. 아직도 해가 중천에 떠 있었던 것이다. 카를 너무 일찍 꽂으면 안 된다. 두 소년 모두 그 사실을 잘 알고 있었다. 해가 떠 있을 때 카를 꽂으면 낮에 활동하는 작은 물고기들이 '망'에 꽂힌 지렁이를 낚아채 가 버리기 때문이다. 두 소년은 카를 꽂기 위해 해가 지기를 기다려야만 했다.

저기 들판 끝자락에서 학 몇 마리가 날아왔다. 학들은 얕은 물에 내려앉아서는 이리저리 먹이를 찾아다녔다.

스진쯔는 깡마른 싼류가 저 고상하게 생긴 학하고 꼭 닮았다는 생각이 들었다. 해가 지기를 기다리느라 무료했던 스진쯔는 싼류가 학과 비슷하다는 사실을 떠올리자 무료함도 잊은 채 웃음보를 터뜨렸다.

싼류는 스진쯔가 자신을 보고 웃는 것임을 직감했다. 웃음에 당황한 싼류는 자신의 기다란 팔과 기다란 다리를 어디에 놓아야 할지 몰라 허둥댔다.

태양은 정말 느릿느릿 떨어졌다. 논두렁 하나를 사이에 두고 앉아 있던 스진쯔와 싼류는 그 자리에서 그냥 누워 버렸다.

탁 트인 하늘은 정말 넓었다. 광활한 들판은 한적했다. 끝없이 이어지는 정적 속에 그들 두 사람만 남아 있는 것 같았다.

하지만 스진쯔는 도대체 싼류를 용납할 수가 없었다. 스진쯔는 여기서 미꾸라지를 잡는 싼류를 본능적으로 싫어했다. 싼류만 없다면 눈앞에 펼쳐진 논 전체가 스진쯔의 차지가 될 수 있었다. 자기 맘 내키는 대로 아무 데나 카를 꽂을 수 있는 것이다. 오늘은 여기에 꽂았다가, 내일은 또 저기에 꽂았다가 언제든지 그렇게 스진쯔 마음대로 말이다.

스진쯔는 싼류를 깔보기도 했다.

'싼류가 어떤 논에 카를 꽂아야 하는지 알기나 하겠어? 바람이 많이 부는 날이면 카를 어떻게 꽂아야 하는지 알기나 하겠어? 네가 카를 꽂을 줄 알기는 알아?'

스진쯔의 눈빛에서 뭔가를 발견할 때면, 싼류는 잘못해서 스진쯔의 성미를 건드릴까 봐 안절부절못했다. 스진쯔가 먼저 나온 날이면, 스진쯔는 아무 논이나 골라 자기 맘대로 카를 꽂을 수 있었다. 하지만 싼류가 먼저 나온 날에는 언제나 스진쯔가 나와서 논을 고를 때까지 기다려야만 했다.

싼류는 그야말로 보잘것없는 고아인데다 집도 없었다. 그는 버려진 지 오래된 낡은 벽돌 공장 가마 속에서 살았다. 사람들이 그를 무시하는 것도 이유가 있었던 것이다.

싼류도 눈치가 빨랐다. 싼류도 사람들이 자기를 업신여긴다는 사실을 다 알고 있었다.

마침내 해가 저물었다. 까마귀가 시끄럽게 울며 마을 뒤편의 숲으로 돌아가고 있었다.

스진쯔는 카를 담은 망태기를 들고 여기저기 논을 고르기 시작했다. 그렇게 한참이 지났다. 그래도 스진쯔는 결정을 하지 못했다. 싼류는 마음이 급했다.

'그래. 어디 천천히 골라 봐라. 어쨌든 오늘 이 논만큼은 네게 빼앗기지 않을 테니. 오늘만큼은 네가 다 고를 때까지 기다리지 않을 테다.'

싼류는 처음으로 스진쯔보다 먼저 카를 꽂기 시작했다.

기분이 상한 스진쯔는 더 보지도 않고 논으로 뛰어들더니 마구 카를 꽂기 시작했다. 본래는 다섯 걸음마다 하나씩 꽂아야 하는데, 스진쯔는 그렇게 하지 않았다. 쉴 새 없이 껑충껑충 뛰어다니며 10여 걸음을 가서야 하나씩 꽂곤 했다. 하도 첨벙거리며 뛰어다니는 바람에 그가 지나간 자리에는 흰 물거품이 쥐꼬랑지처럼 따라다녔다.

저물녘 들판은 고요했다. 하늘 아래 들리는 것이라고는 스진쯔가 소란을 피우며 내는 물소리뿐이었다.

싼류가 겨우 한 줄을 꽂았을 때, 스진쯔는 벌써 논 하나를 끝마치고 다른 논에 카를 꽂기 시작했다. 싼류가 카를 절반 정도 꽂았을 때에는 이미 온 들판이 스진쯔의 카로 채워진 뒤였다. 논두렁에 올라온 스진쯔는 빈 망태기를 허리에 둘러맸다. 그러고는 허리춤에 두 손을 얹고 싼류를 향해 껄껄껄 웃어 보였다. 스진쯔 뒤에는 저물어 가는 하늘이 검푸른 빛을 발하며 드리워져 있었다. 한참을 웃고 난 스진쯔는 고래고래 고함을 치며 집을 향해 펄쩍펄쩍 뛰어갔다.

싼류는 그 모습을 멍하니 바라보며, 한참 동안 그렇게 서 있었다. 싼류는 남은 카를 자신이 이미 꽂아 놓은 카와 카 사이에 다시 꽂는 수밖에 없었다. 싼류가 꽂은 논바닥은 다닥다닥 붙어 있는 카들로 발 디딜 틈도 없었다.

다음 날 이른 새벽, 스진쯔와 싼류는 희미하게 동이 틀 무렵부터 논에 나가 카를 거둬들였다. 두 소년은 각자 한 손에 물통 하나씩을 들고 있었다. 만약 카에 미꾸라지가 걸려 있으면 그걸 빙빙 돌려서 갈대 줄기에 줄을 돌돌 만 후 물통 가장자리에 대고 때리는 것이다.

그러면 '탕' 소리와 함께 미꾸라지가 통 속으로 쏙 떨어졌다. 카에 걸린 미꾸라지를 물통에 대고 때릴 때 나는 소리는 정말 율동감이 있었다. 오늘따라 스진쯔는 물통을 유난히 세게 때렸다. 게다가 미꾸라지가 걸리지 않은 카까지도 물통에 대고 힘껏 때려 소리를 냈다.

하지만 저 멀리 싼류가 있는 논에서는 물통 가장자리를 때리는 소리가 아주 가끔씩 들려올 뿐이었다. 힘없는 그 소리는 잘 들리지도 않았다. 그런 싼류를 보자 스진쯔는 정말 고소했다. 이른 새벽 온 사방이 고요한데, 스진쯔가 갑자기 큰 소리로 노래를 부르기 시작했다.

"새색시, 하얀 코, 오줌 오줌 오줌 싸며 용마루에……."

스진쯔가 고래고래 노래를 부르는 사이, 어느덧 날이 훤하게 밝아왔다.

초봄 아침의 들판은 여전히 싸늘했다. 카를 다 거둬들인 싼류는 어깨를 움츠리고 덜덜덜 떨면서 발걸음을 옮겼다.

"싼류!"

스진쯔가 소리쳤다.

싼류가 걸음을 멈췄다. 스진쯔는 싼류에게 다가가며 그 모습을 요모조모 뜯어보았다. 솟구친 어깨에 두 다리를 흔들며 걷고 있는 싼류의 모습은 보면 볼수록 학과 닮았다는 생각이 들었다.

"난 갈 거야!"

싼류가 말했다.

스진쯔는 싼류를 놓칠세라 얼른 그가 있는 곳으로 달려갔다. 그러고는 일부러 싼류의 물통과 자신의 물통이 나란히 보이도록 보조를 맞추어 가며 길을 걸었다.

스진쯔의 통 속에 들어 있는 황금빛 미꾸라지는 너댓 근은 족히 될 것 같았다. 하지만 싼류의 통 속에 든 미꾸라지는 겨우 10여 마리에 불과했다. 그 미꾸라지들은 물통의 바닥도 다 가리지 못한 채 꼬물거리고 있었다.

"와, 정말 많은데!"

스진쯔가 비꼬며 말했다.

싼류는 스진쯔의 말에는 아랑곳하지 않았다. 그는 고개를 빳빳이 쳐들고 멀리 커다란 나무 밑을 바라보며 걸어갔다.

나무 밑에는 완이 서 있었다.

"너 누굴 보고 있는 거야?"

"……."

"완이 누굴 기다리고 있는 것 같은데?"

"날 기다리는 거야."

"널 기다린다고?"

"……."

싼류는 물통을 들고 계속 걸었다. 이제 막 솟아오른 태양을 등진 채 걷고 있는 싼류의 모습은 더 깡말라 보였다. 휘청휘청 걷는 그의 모습은 마치 대나무 작대기 같았다.

태양이 높이 솟을수록, 큰 버드나무 아래에 서 있는 완의 모습은 점점 더 또렷해졌다. 100보 밖에서도 사람을 잡아끄는 듯한 그녀의 맑은 눈동자가 또렷이 보였다.

스진쯔는 멍청한 수탉 같은 표정을 지었다.

완은 원래 200리 밖 갈대숲에서 살다가 이곳으로 시집왔다. 그런데 결혼한 지 반년도 안 되어 그만 과부가 되고 말았다. 쏟아지는 비를 무릅쓰고 논에 오리들을 끌고 나갔던 그녀의 남편이 벼락을 맞아 죽은 것이다. 그때부터 사람들은 겁먹은 표정으로 완을 쳐다보았다.

째 예쁘장하게 생긴 완은 시골 출신처럼 보이지 않았다. 길을 걸을 때는 가볍게 허리를 흔들었지만, 전혀 꼴사납지 않았다. 언제나 햇살을 받은 고양이처럼 두 눈을 가늘게 뜨고 다녔지만, 일단 눈을 크게 뜨면 그 눈동자는 정말 맑고 밝게 빛났다. 서쪽 지방의 억양이 섞인 그녀의 말투도 맑고 깨끗한 데다 나긋나긋하기까지 하여 귀에 쏙쏙 잘 들어왔다. 어쩌면 그녀가 물가에서 자랐기 때문일지도 모른다.

완은 큰 버드나무 아래 서 있었다. 사실 요 며칠 동안 그녀는 이 시간쯤이면 언제나 거기에 서 있었다. 스진쯔가 그걸 몰랐을 따름이다. 완은 남색 윗도리를 입고 머리에 하얀 꽃을 꽂고 있었다. 아침 햇살 속에서 그녀의 얼굴은 발그레하게 빛을 발했다. 가지런히 모아 쥔 손가락들은 이제 막 싹을 틔운 햇파처럼 보드라웠다. 조용히 미소를 띠고 있는 그녀의 얼굴에서 근심 걱정의 그늘을 찾아볼 수 없었다. 남편의 죽음은 그녀에게 아무런 흔적도 남겨 놓지 않은 듯했다.

그녀 근처에는 오리가 10여 마리 보였다. 오리들은 모두 눈처럼 새하얗다. 남편이 죽은 후 완은 얼룩덜룩한 색깔의 오리를 모두 장에 내다 팔고, 새하얀 오리 10여 마리만 남겨 놓았다. 완은 새하얀 눈 같은, 흰 구름 같고 흰 양 떼 같은 그런 오리를 좋아했다. 붉은색 갈퀴에, 담황색 부리, 새까만 눈동자를 가진 새하얀 오리는 정말로 아름다웠다. 오리들은 그녀의 말도 잘 들었다. 꽥꽥 소리를 내면서, 너무 멀지도 또 너무 가깝지도 않게 적당한 거리를 유지하며 그녀를 따라다녔다. 가끔은 너무 시끄럽게 우는 바람에 완이 "시끄러 죽겠다!"며 소리를 치는 경우도 있었지만 말이다.

완과 싼류는 매일같이 버드나무 아래에서 만났다. 싼류가 미꾸라지가 든 물통을 완에게 주면, 완은 싼류에게 오리를 맡겼다. 완은 읍내에 나가 싼류를 대신해 미꾸라지를 팔아 주었다. 그녀는 언제나 좋은 값을 받고 팔았다. 미꾸라지를 팔아서 번 돈의 절반을 완에게 반찬 값으로 주기로 한 것은 싼류의 생각이었다. 완도 굳이 사양하지 않았다. 그녀는 반찬거리를 사고 남은 돈을 항아리에 담아 땅속에 묻어 두었다. 그것은 싼류를 위한 것이었다.

싼류가 눈물을 줄줄 흘리며 완에게로 다가갔다.

그녀는 싼류를 보며 웃었다.

싼류는 언제나 특별히 작은 미꾸라지를 골라 오리들에게 던져 주곤 했다. 그걸 아는 오리들은 싼류가 물통을 내려놓기만 하면, 우르르 몰려들었다. 그리고 싼류가 미꾸라지를 꺼내면 순식간에 달려들어 **뺏**고 쪼며 난리법석을 피웠다.

"팔면 그래도 몇 푼 되겠다."

완이 말했다.

"자, 너는 오리를 데리고 집으로 가. 사립문을 열어 놓았어. 밥은 솥 안에 있고……. 종아리에 묻은 흙은 깨끗이 씻어야 한다. 신발은 벗어서 광주리 위에 엎어 두고. 지렁이는 거기 까만색 작은 단지 속에 잡아 두었어."

말을 마친 완은 팔에 물통을 끼고 읍내 쪽으로 걸어갔다.

완의 뒷모습은 정말 예뻤다. 길을 걷는 모습도 얼마나 아름다운지…….

완을 한참 쳐다보던 싼류가 오리를 몰고 샛길로 들어섰다. 싼류의 얼굴이 한순간에 환해졌다. 기분이 너무 좋았다. 그 모습은 열네댓 살 소년의 천진난만한 모습 그대로였다. 깡말라 핏기 없는 싼류의 몸 어디에서 그런 밝음이 퍼져 나오는지 알 수 없었다.

싼류는 손에 잡히는 대로 나무 작대기 하나를 집어 들었다. 그러고는 그것으로 총을 삼아 놀기도 하고, 말을 삼아 놀기도 하고, 지휘봉을 삼아 오리 떼를 몰면서 집으로 돌아갔다. 오리 떼를 부리면서 노는 싼류의 모습은 참으로 즐거워 보였다. 싼류는 팔딱팔딱 뛰면서 밭두렁을 지나 둑을 오르고 다시 숲을 가로질러 달려갔다. 그 쾌활한 모습은 아무런 걱정 근심 없는 천진난만한 새끼 토끼 같았다.

평상시 싼류는 언제나 우울하고 자신감이 없고 뭔가에 짓눌린 듯한 모습이었다. 하지만 이 순간만큼은 그런 그늘을 모두 벗어 버린 듯했다. 지금 이 순간 싼류의 모습은 순수한 소년의 모습 그 자체였다.

싼류는 두 눈을 감고 모든 것을 잊어버린 듯 빙글빙글 맴을 돌았다. 빙글, 빙글, 팽그르르 돌고 도는 사이에 하늘도 돌고, 땅도 돌고……. 이제는 어지러워서 더 이상 돌 수가 없었다. 비틀거리던 싼류가 그만 커다란 나무에 머리를 부딪치며 쓰러지고 말았다. 눈앞이 어찔어찔 온통 별이 튀는 것만 같았다. 주춤주춤 몸을 일으켜 간신히 땅바닥에 앉았다.

싼류가 쓰러지는 통에 오리들이 놀라 꽥꽥거리며 소란을 피웠다.

둑 위에 있던 스진쯔가 청개구리처럼 두 팔을 쳐들고 팔짝팔짝 뛰면서 소리를 질렀다.

"아오! 아오! 한 놈 잡으면 무 끼워 구워 먹고, 두 놈 잡으면 무 넣어 국 끓여 먹지!"

싼류가 자리에서 일어났다. 그는 주춤주춤 바지를 추어올리더니 고개를 숙이고 오리들에게 다가갔다. 그러더니 길 가장자리로 오리 떼를 몰았다.

집에 돌아온 스진쯔는 기분이 좋지 않았다. 스진쯔는 이웃집 채마밭에 가서 지렁이를 잡았다. 지렁이를 다 잡은 뒤에는 이리저리 파헤쳐 놓은 채마밭을 그대로 두고 나왔다. 밭 주인은 파헤쳐 놓은 채마밭을 다시 정리해 놓지 않았다고 야단이었다. 하지만 스진쯔는 주인의 고함 소리에도 아랑곳하지 않고 가던 길을 계속 갔다.

"이놈. 어디 다음에 우리 밭에서 지렁이를 잡게 해 주나 봐라!"

밭 주인이 스진쯔의 뒤통수에다 고래고래 소리를 질러 댔다.

"잡으래도 안 잡아요!"

스진쯔는 머리를 까딱대며 주인에게 대들었다.

집에 돌아온 스진쯔는 지렁이를 바늘에 꿰면서도 정신을 집중할 수가 없었다. 심기가 불편한 스진쯔는 자신이 왜 이러는지도 알 수 없었다. 그냥 지금 눈앞에 싼류가 있다면 그 녀석을 톡톡 쏘아 주며 골려 주고 싶었다.

점심을 먹은 스진쯔는 무슨 바람이 불었는지, 싼류가 사는 벽돌 공장의 버려진 가마를 찾아갔다. 싼류는 거기 없었다.

스진쯔는 완의 집으로 갔다. 초봄이기는 했지만 이곳의 한낮은 햇살이 그런대로 따뜻했다. 작은 나무 물통을 손에 든 완이 싼류를 강가로 데려가고 있었다.

"어서 와야지!"

싼류는 땅에서 발을 떼지 않은 채 맨발을 질질 끌면서 느릿느릿 걸어갔다.

"왜 그러고 있는 거야?"

강가에 이르자 싼류가 입을 열었다.

"물이 차가워요."

"차갑긴 뭐가 차갑다고. 시원하기만 하구먼. 어서 바지 벗어라."

"안 씻을래요."

"네 몰골 좀 봐라! 그렇게 더러운데도 안 씻겠다고? 어서 바지 벗어."

완은 싼류의 목덜미를 잡고 그를 강가로 끌고 갔다.

"어서 벗어."

싼류는 뭉그적거리면서 한참 만에 단추 하나를 풀었다.

스진쯔는 사립문 뒤에 숨어서 그 모습을 지켜보았다.

"아야야!"

물통을 내려놓은 완이 순식간에 싼류의 바지를 벗겼다.

싼류는 고개를 숙이고 자신의 몸을 보았다. 깡말라 갈비뼈가 다 드러난 자신의 모습이 꼭 닭 뼈다귀 같다는 생각이 들었다. 게다가 그는 날씨가 쌀쌀해서 한껏 몸을 움츠리고 있었다. 싼류는 두 팔로 몸을 감쌌다.

완은 물통에 물을 받은 후 싼류의 팔을 벌리게 하고는 수건으로 벅벅 그의 몸을 문지르기 시작했다.

싼류는 순간적으로 굉장히 창피하다는 생각이 들었지만, 그런 생각은 이내 사라져 버렸다. 머리를 쳐들어 목을 씻고, 양팔을 들어 올리고, 두 눈을 감고……. 싼류는 완이 시키는 대로 이리저리 움직이며 그녀에게 자신의 몸을 맡겼다.

싼류에게 한바탕 비누칠을 한 완은 수건을 가져다 싼류의 몸을 문댔다. 그러고는 다시 맨손으로 싼류의 몸뚱이를 빠닥빠닥 문질렀다.

그 순간 싼류는 자신이 엄마 말을 잘 듣는 갓난아기가 된 것처럼 달콤하고 행복하다는 생각이 들었다. 완의 따뜻하고 보드라운 손길이 싼류의 몸뚱이에서 이리저리 미끄러지는 것이 기분 좋았다.

온 세상이 너무나도 고요한 가운데 '빠닥빠닥' 하는 소리만 울려 퍼졌다. 그 소리는 상쾌하면서도 부드러워 정말로 듣기 좋았다. 반

투명의 눈꺼풀 너머로 봄날의 따사로운 햇살이 비쳐 들었다. 하늘이 온통 황금빛으로 보였다. 한순간 싼류는 완이 자신을 씻기고 있다는 사실도 잊은 채 달콤한 공기 속을 떠다니는 듯한 기분이 되었다.

아득한 기억 속에서 가물가물 어린 시절의 일이 떠올랐다. 아마 네 살 때였을 것이다. 어머니가 그를 물웅덩이에 안고 가 이렇게 씻겨 준 적이 있었다. 어머니가 연못에 빠져 돌아가신 후에는 이처럼 따사로운 목욕을 해 보지 못했었다.

검게 그을린 싼류의 몸뚱이 위로 한 줄기 붉은 기운이 맴돌기 시작했다. 몸을 문지르는 완의 손길에 따라 그 붉은 기운은 점점 더 넓게 퍼져 나갔고, 마침내 온몸이 온통 새빨갛게 되었다. 싼류의 몸은 방금 어머니 배 속에서 나온 아가처럼 보였다. 봄날의 햇살이 깨끗하게 닦인 온몸으로 퍼져 나가는 것 같았다. 싼류는 온몸이 새로운 에너지로 채워지는 것 같았다.

목욕을 마친 완은 이마 위에 흘러내린 머리칼을 추슬러 올리며 가볍게 한숨을 쉬었다. 굳게 감긴 싼류의 눈꺼풀 사이로 두 방울 눈물이 새어 나왔다.

완은 싼류에게 깨끗한 바지를 입힌 후, 강에서 놀고 있는 오리 떼를 향해 소리를 질렀다.

그 소리에 새하얀 오리들이 강가로 올라와, 완과 싼류를 따라 뒤뚱뒤뚱 집으로 향했다.

그 순간 스진쯔는 쪼그려 앉아 몸을 숨겼다.

≈≈

싼류가 들판에 나와 보니 스진쯔는 벌써부터 논두렁에 앉아 있었다. 한 눈을 감고 나머지 한 눈으로 싼류를 흘겨보는 스진쯔의 입가에 의미심장한 미소가 피어올랐다.

싼류가 애원하는 눈길로 스진쯔를 쳐다보았다. 그리고 그 순간 카 묶음이 들려 있어야 할 스진쯔의 손이 텅 비어 있다는 사실을 발견했다.

'어, 이상하네. 스진쯔가 카를 들고 나오지 않은 걸까?'

태양이 서산으로 넘어갔다. 싼류는 스진쯔를 쳐다보았다. 카를 꽂기 시작할 시간인 것이다. 그러나 스진쯔는 카를 꽂을 기색이 전혀 보이지 않았다.

더 이상 기다릴 수가 없다. 싼류는 바지를 걷고 논으로 들어갔다.

"야, 야, 거기는 내가 벌써 카를 꽂아 놓았어. 다른 데로 가!"

스진쯔가 소리쳤다.

싼류는 물 이외에는 아무것도 보이지 않는 논을 의아한 눈길로 쳐다보았다. 카를 꽂았다면 당연히 물 위로 줄줄이 솟아 나온 갈대 끄트머리가 보여야 할 터였다.

스진쯔가 어슬렁어슬렁 싼류 쪽으로 걸어왔다. 그는 논으로 들어가더니 팔을 걷어붙이고 물속에서 카를 뽑아 들었다.

스진쯔가 싼류의 눈앞에 카를 흔들어 보이며 말했다.

"봤지? 이건 잠수용 카라고. 물속에 꽂아 놓으면 보이질 않지. 하하하!"

싼류는 논두렁을 기어 올라온 뒤 다른 논으로 향했다.

"거기도 내가 벌써 잠수용 카를 꽂아 놓았어."

싼류는 여전히 의심의 눈초리로 갈대 끄트머리가 보이지 않는 논을 쳐다보았다.

"못 믿겠다고?"

스진쯔는 논으로 펄쩍 뛰어 들어가더니 손에 잡히는 대로 카 하나를 뽑아 들었다.

"이것 봐! 이게 뭐냐? 바로 카라고 카! 이 몸이 카를 100개나 더 만들어서 여기 있는 논에 전부 꽂아 놓으셨단 말씀. 아마 카를 꽂지 않은 논은 하나도 없을걸!"

논두렁으로 올라온 스진쯔가 다리에 묻은 흙을 씻어 내며 말했다.

스진쯔를 쳐다보는 싼류의 눈은 '그럼 나는 어떡하라고?'라고 말하고 있었다.

"저기 보라고. 저렇게 물웅덩이도 많고, 도랑도 많은데 뭐가 걱정이야. 저기다 맘대로 꽂으면 되겠구먼."

스진쯔가 손가락으로 논 주위를 가리키며 말했다. 그리고 싼류에게 다가가 코를 킁킁거리며 또다시 싼류를 놀려 댔다.

"야, 비누 냄새 끝내주는데!"

눈을 껌벅이며 비아냥거리던 스진쯔는 몸을 홱 돌려 집으로 향했다.

싼류는 넋이 빠진 사람처럼 한참 동안 멍하니 서 있었다. 해가 저

문 지도 꽤 되었다. 싼류는 내심 화가 나서 견딜 수가 없었지만, 솟구쳐 오르는 분노를 애써 눌렀다. 오늘은 여기저기 물웅덩이와 도랑에 하나둘씩 카를 꽂는 수밖에 없다. 하지만 물웅덩이나 도랑을 찾는 미꾸라지가 많을 리 없었다.

사실 스진쯔의 말이 모두 진실은 아니었다. 카를 꽂지 않은 논도 몇 군데 남아 있었던 것이다.

다음 날은 싼류가 먼저 논에 나가 카를 꽂았다. 그렇다고 모든 논에 카를 다 꽂은 것은 아니고, 가장자리에 있는 논 두 개는 남겨 놓았다. 그에게는 스진쯔의 심기를 완전히 뒤틀어 놓을 만한 용기가 없었다. 싼류가 꽂은 카는 모두 갈대 줄기가 달린 카였다. 그런데 논에 나온 스진쯔의 눈에는 논바닥 가득히 꽂혀 있는 그 갈대 줄기들이 마치 자신을 향해 시위를 하는 듯이 보였다. 바람이 불 때마다 팔랑팔랑 춤을 추는 갈대 줄기들이 마치 스진쯔 자신을 향해 손을 흔들며 약을 올리는 것처럼 보였기 때문이다.

"네가 꽂아 놓은 거야?"

"그래! 내가 꽂았다."

"저쪽의 논 두 개는 내가 꽂으라고?"

"그래."

싼류의 대답은 굳은 의지를 담고 있었지만, 목소리는 바람에 흔들리는 촛불처럼 가느다랗게 떨리고 있었다.

스진쯔는 아무 말도 하지 않고, 카가 꽂혀 있지 않은 논 쪽으로 걸어갔다. 싼류는 자리에서 일어나 자신이 점령한 논을 바라보았다. 그리고 승리의 기분에 취하여 집으로 돌아갔다.

뒤에서는 스진쯔의 고함 소리가 들려왔다.

"새색시! 하얀 코! 오줌! 오줌 싸며 용마루에……."

밤이 가고 다시 새벽이 밝아 왔다. 싼류는 상쾌한 아침 공기를 가르며 논에 나왔다. 그런데 그때 싼류 앞에 펼쳐진 광경이란…….

싼류가 카를 꽂아 두었던 논들의 물이 모두 빠져 버린 것이다. 비쩍 마른 갈대 줄기 200여 개가 마른 진흙 밭 위에 꼿꼿이 꽂혀 있었다.

새벽 찬바람에 마른 갈대 줄기들은 잉잉 소리를 내며 울고 있었다. 바람의 힘을 못 이긴 갈대 줄기들은 몇 차례 흔들리다가 그만 쓰러지기도 했다.

저쪽에서는 스진쯔가 카를 거둬들이고 있었다. 스진쯔는 속으로는 고소하게 생각하고 있었지만 짐짓 아무런 내색도 하지 않은 채 카를 거둬들이는 데만 정신을 쏟았다.

갑자기 싼류가 자리에서 벌떡 일어나더니 물통을 공중에 내동댕이쳤다. 하늘로 솟구쳐 오른 물통은 뱅그르르 공중제비를 돌더니 '꽈당' 소리를 내며 땅바닥에 떨어졌다.

싼류는 눈물을 훔친 후, 있는 힘껏 콧물을 들이마시고서는 스진쯔에게 다가갔다. 그 모습은 꼭 상처 입은 작은 소 같았다.

스진쯔는 난생처음 싼류가 두려웠다. 싼류가 가까이 다가올수록 스진쯔는 논 한가운데로 슬금슬금 자리를 피했다.

논에 들어선 싼류는 스진쯔를 향해 점점 더 가까이 다가갔다. 스진쯔와 2미터 정도 떨어진 거리에 이르자 싼류는 첨벙첨벙거리며 달리기 시작했다.

스진쯔도 물통을 내려놓고 싼류를 향해 정면으로 달려들었다. 휙 하더니 싼류가 한 손으로 스진쯔의 멱살을 낚아챘다. 싼류의 얼굴은 험악하게 일그러져 있었다.

"이거 놔!"

싼류는 멱살을 놓지 않았다.

"이거 못 놔?"

싼류는 멱살을 놓기는커녕 이번엔 아예 두 손을 써서 멱살을 더 단단히 틀어쥐었다.

"너 정말 안 놓을 거야?"

싼류는 손아귀에 더욱 힘을 주었다.

"좋은 말로 할 때 들어, 이 손 어서 치워!"

그래도 싼류는 멱살을 놓지 않았다.

스진쯔의 얼굴이 후끈 달아올랐다. 그리고 양손으로 싼류의 머리채를 잡아당겼다. 두 아이는 논바닥을 뒹굴기 시작했다. 이번엔 싼류가 논바닥에 누워 버렸지만 두 손만큼은 스진쯔의 멱살을 단단히 틀어쥔 채 놓지 않았다.

스진쯔는 몸을 뒤로 빼내어 싼류의 손아귀에서 벗어나려고 안간힘을 썼다. 그래도 싼류는 죽을힘을 다해 멱살을 잡고 놓지 않았다. 싼류는 스진쯔의 가슴팍에 매달린 채로 논바닥 여기저기를 질질 끌려 다녔다.

싼류를 매달고 한참을 걸어 다니던 스진쯔는 힘에 겨워 숨을 헐떡였다. 싼류는 논바닥에 반쯤 누워 있었다. 두 쌍의 눈동자가 마주치며 불꽃을 튕겼다.

다시 한차례 실랑이가 벌어졌다. 그제서야 스진쯔는 싼류를 떼어 낼 수 있었다.

온통 진흙투성이가 된 싼류가 이리저리 휘청이며 몸을 일으켰다. 그러고는 또다시 스진쯔에게 달려들었다. 그 모습은 진짜 찰거머리 같았다.

스진쯔가 주춤주춤 뒤로 물러섰다. 앞에는 스진쯔의 물통이 떠다니고 있었다. 물통을 발견한 싼류가 재빠르게 그것을 낚아채서는 하늘을 향해 던져 버렸다. 솟구쳐 오른 물통이 뒤집어지고 그 속에 들어 있던 미꾸라지가 우르르 쏟아졌다. 물통을 빠져나온 미꾸라지는 순식간에 논바닥으로 자취를 감춰 버렸다.

그것을 본 스진쯔도 눈이 뒤집혀 싼류에게 달려들었다. 그리고 물속에 싼류를 처넣었다. 싼류는 두 손에 진흙을 한 움큼 쥐어 스진쯔의 눈을 향해 던졌다. 진흙으로 범벅이 된 스진쯔의 눈은 앞을 볼 수가 없었다.

또다시 둘은 논바닥을 이리저리 구르며 한바탕 주먹질을 해 댔다. 두 아이는 번뜩이는 두 눈을 제외하고는 온통 흙탕물투성이가 되었다.

스진쯔가 먼저 손을 놓고 논에서 나왔다. 그러나 싼류는 논바닥에 발을 꽂은 채 진흙 인형처럼 꼼짝 않고 서 있었다. 완이 데리러

와서야 싼류는 집으로 돌아갔다.

한편 집에 돌아온 스진쯔는 아버지에게 호되게 야단을 맞았다.

"그런 못된 짓을 하다니! 어서 싼류에게 가서 잘못했다고 말해!"

아버지는 몽둥이를 들고 스진쯔를 집 밖으로 내쫓았다.

스진쯔는 어쩔 수가 없었다. 싼류네 집으로 가는 수밖에. 싼류는 분명 완의 집에 있을 것이다. 이번에는 벽돌 공장으로 가지 않고 곧장 완의 집으로 향했다.

집 앞에 도착한 스진쯔가 발걸음을 멈췄다. 뜰 안에서 울음소리가 들렸다.

싼류는 두 팔로 무릎을 끌어안은 채 문간에 앉아 있었다. 그는 마음이 많이 상했던지 어깨를 들썩거리며 서럽게 울고 있었다. 완은 싼류를 달래지 않았다. 완도 그 옆에 앉아서 흐느끼고 있었던 것이다. 그녀는 입술을 단단히 깨물어 솟구치는 울음을 참으려고 애쓰고 있었다. 하지만 솟아나는 눈물이 방울방울 뺨을 따라 굴러 떨어지고 있었다. 그녀의 울음소리는 거의 들리지 않을 정도였지만, 그 속에는 이제껏 맺힌 설움과 슬픔이 한껏 배어 있었다. 평상시 활발하고 밝은 표정 속에 감춰져 있던 그녀의 고난과 설움이 눈물이 되어 흘러내리는 것만 같았다.

스진쯔는 무겁게 고개를 떨궜다.

한 남자아이와 한 젊은 과부의 아픈 울음이 공중에서 하나로 엉켰다. 그 소리는 때로는 높아졌다 때로는 낮아졌다, 끊어질 듯 이어지면서 아득한 하늘 아래 작은 세상 속을 맴돌고 있었다. 그들은 누가 자신들의 고통을 보고 있다는 것에 대해서도 전혀 신경 쓰지 않았다.

스진쯔는 이제껏 그들의 처지에 대해 한 번도 진지하게 생각해 본 적이 없었다. 그는 자신이 하고 싶은 대로 자기 맘대로 그들을 대했었고, 그들이 그것을 어떻게 느낄지에 대해서는 한 번도 생각해 본 적이 없었다.

싼류와 완은 늦겨울 살얼음처럼 그렇게 깨지기 쉬웠던 것이다. 그들은 너무나도 연약했던 것이다.

"그러면 이젠 미꾸라지 잡으러 가지 말아라. 이제 곧 오리들이 알을 낳을 수 있을 거야. 그걸로도 살아갈 수 있어."

완이 말했다.

잠시 후 완은 또 이렇게 덧붙였다.

"아니면 내가 스진쯔에게 가서 잘 말해 볼게. 알고 보면 스진쯔도 그렇게 나쁜 아이는 아닐 거야."

문 뒤에 서 있던 스진쯔는 그 말을 듣고 죄인이라도 된 듯 그 자리에서 도망치고 말았다.

스진쯔는 말라 버린 논에 물길을 파서 새로 물을 대 놓았다. 그러고는 배가 아프다는 핑계를 대고 사흘 동안이나 논에 나가지 않았다.

나흘째가 되어서야 스진쯔는 미꾸라지를 잡으러 논으로 나갔다.

그리고 이제껏 논에 나오지 않은 이유가 진짜 배가 아파서라는 걸 보여 주기라도 하려는 듯, 수시로 배를 움켜쥐고 얼굴을 찡그렸다.

두 아이는 서로를 배려했다. 하나는 동쪽 끝에서부터, 다른 하나는 서쪽 끝에서부터 카를 꽂았다. 둘 사이에 있는 논 두 마지기는 카를 꽂지 않은 채 남겨 두었다. 며칠 동안 둘은 계속 그런 식이었다.

어느 날 마침내 스진쯔가 먼저 입을 열었다.

"우리 카를 좀 더 넓게 꽂자."

그날 두 아이는 논두렁 하나를 사이에 두고 모든 논을 공평하게 반반씩 나눠 카를 꽂았다. 카를 다 꽂고 나자 싼류가 품속에서 뭔가를 꺼내 스진쯔에게 내밀었다. 대롱의 구멍 크기가 딱 적당하게 다듬어진 오리 깃털 두 개였다. 싼류는 완네 오리에서 뽑아 온 것이라며 지렁이를 잡을 때 쓰면 좋다고 했다. 그 말에 스진쯔는 기분이 좋아졌다. 이렇게 해서 두 사람은 자연스럽게 친해졌다.

카를 꽂아 미꾸라지를 잡는 일은 싼류보다 스진쯔가 경험이 훨씬 풍부했다. 스진쯔는 논두렁에 앉아 싼류에게 그 비법을 하나하나 가르쳐 주었다.

"지렁이가 너무 굵으면 안 돼. 굵으면 바늘에서 쉽게 빠져 버리거든. 지렁이를 바늘에 꿴 다음에는 햇볕에 말려야 해. 그래야 지렁이가 바늘에 찰싹 달라붙어 쉽게 빠지지 않는다고. 논바닥에 카를 꽂은 다음에는 그 주위를 발로 밟아 흙탕물이 생기도록 해야 돼. 그렇게 카 주변의 물을 흐려 놓지 않으면 송사리 새끼들이 지렁이를 낚아채 간다고. 송사리는 흙탕물을 싫어하지만 미꾸라지는 그렇지 않거든. 바람이 많이 불 때면 바람의 방향에 따라서 잠수용 카를 써야 돼. 생각해 봐. 바람이 불어서 갈대 줄기를 흔들면 물속에 파문이 일 테니, 미꾸라지가 미끼를 물겠어?"

싼류는 눈을 반짝이며 스진쯔의 말을 진지하게 새겨들었다.

스진쯔가 싼류에게 미꾸라지 잡는 비법을 이야기해 주었다면, 싼류는 스진쯔에게 완에 관한 이야기를 해 주었다. 스진쯔가 완에 대한 이야기를 듣기 좋아했던 것이다. 다만 두 사람이 모두 이상하게 생각했던 것은 사람들이 어째서 완과 가까이하려 하지 않을까 하는 것이었다.

하루는 싼류가 스진쯔에게, 완이 두 사람을 위해 지렁이를 잡아 두었으니 스진쯔도 함께 완네 집에 가서 지렁이를 꿰자고 했다. 좀 미안한 생각도 들었지만 스진쯔는 기꺼이 그렇게 하기로 했다. 이렇게 해서 두 아이는 대부분의 낮 시간을 완의 집에서 보내게 되었다.

완도 이제는 더 이상 외롭지 않았다. 그녀의 얼굴빛은 날이 갈수록 생기가 돌았고 눈빛도 더욱 반짝거렸다. 완과 아이들은 함께 이야기하고 함께 웃었다. 때로는 그녀도 지렁이 꿰는 것을 도와주었다. 그 외에도 그녀는 여러 가지를 아이들에게 갖다주었다. 때로는 새로 자라난 보드랍고 신선한 갈대 줄기를 꺾어다 주기도 했다. 그 갈대 줄기는 상아처럼 새하얀 것이었다. 또 때로는 빨갛게 빛이 나는 올방개 뿌리를 캐다 주기도 했다. 완은 자신의 하얀 오리 떼들을 기르는 일 외에는 모든 신경을 이 두 아이를 돌보는 데 썼다.

완네 집의 조그마한 마당은 참으로 따사로웠다. 마을 어른들은 두 아이가 완네 집을 들락거리는 것을 흥미롭게 바라보았다.

"넌 완보고 아줌마라고 불러? 아니면 누나라고 불러?"

하루는 스진쯔가 조심스럽게 싼류에게 물었다. 그 문제에 관해서 한 번도 생각해 보지 않았던 싼류는 갑자기 질문을 받자 당혹스러웠다.

"나도 몰라."

날씨가 점점 따뜻해졌다. 마을 사람들은 논에 채워 두었던 물을 빼고 새로 농사지을 준비를 하기 시작했다. 이제 스진쯔와 싼류는 더 이상 미꾸라지를 잡지 못하게 되었다. 하지만 시간만 나면 완의 집에 가서 함께 놀곤 했다.

어느덧 시간이 흘러 가을도 끝나 갈 무렵이었다. 싼류가 스진쯔에게 뛰어와 말했다.

"완이 어떤 아저씨를 따라 먼 지방으로 떠날 거래."

"그러면 넌 어떻게 할 거야?"

"나도 데려간댔어."

"따라갈 거야?"

"그 아저씨는 싫어. 그 사람은 돈이 너무 많아. 하지만 그 아저씨는 내가 좋대."

"그럼 따라가면 되겠네!"

"……"

"너 완한테 아줌마라고 불러? 아니면 누나라고 불러?"

싼류는 여전히 대답을 못 했다.

싼류와 완이 떠날 준비를 하던 어느 날, 싼류가 스진쯔를 찾아왔다. 싼류는 자신의 카 200개를 모두 스진쯔에게 주었다.

"완이 이거 너한테 주래."

한여름이 지나고 다시 가을이 지난 카의 갈대 줄기는 어느새 빨간빛을 띠며 반들반들 말라 있었다.

"어서, 받아!"

싼류는 두 손에 카를 받쳐 들고는 스진쯔의 눈앞에 내밀었다. 스진쯔도 두 손으로 받았다. 두 사람은 묵묵히 서로를 바라볼 따름이었다. 어느새 두 소년의 눈시울은 촉촉이 젖어 들었다.

완과 싼류가 떠나던 날, 스진쯔는 아주 멀리까지 배웅을 나갔다. 아주 멀리까지…….

다음 해 다시 겨울이 끝나 갈 무렵, 스진쯔는 카 400개를 들고 논으로 나갔다. 그리고 다음 날 새벽, 온 들판에는 스진쯔 혼자서 카를 거둬들이는 소리만이 허공에서 단조롭게 울려 퍼졌다. 그날따라 바람도 너무나 차가웠다. 온 세상이 희뿌연 안개에 쌓인 듯했고, 어디서도 활기를 찾아볼 수 없었다. 그 순간 스진쯔는 너무나도 외로웠다.

논에 꽂았던 카를 절반만 거둬들인 스진쯔는 나머지 카는 논에 그대로 놔둔 채 집으로 돌아왔다. 그러고는 거둬 온 카를 모두 깨끗이 씻어서는 집 안 대들보에 걸어 두었다. 언제까지나…….

이리하여 그해 들판에는 적막만이 흐르고 있었다.

아추

그래도 아추는 성이 차지 않았다.
그는 모든 인간들과 한판 붙고 싶었다.
아추는 하늘에 떠 있는 태양까지도
마음에 들지 않았다.

아추는 너무나도 뚜렷이 기억하고 있었다. 부모님이 모두 돌아가시던 그해 가을 그날 밤을. 그때 아추는 겨우 여섯 살이었다.

그날은 옆 마을 쩌우좡에서 영화를 상영한다는 소식에 온 동네가 유달리 떠들썩했다. 생전 처음 영화 구경을 할 수 있게 된 아추의 부모님도 그 기회를 놓치고 싶지 않았다.

하지만 어린 아추를 데리고 먼 길을 가는 것 역시 만만치 않았다. 가는 길에 아추가 잠이라도 들어 버린다면, 잠결에 축 늘어진 아이를 안고 가는 일이 보통 일이 아닐 뿐만 아니라 보채는 아이에게 사탕 사 줄 돈도 넉넉하지 않았던 것이다. 결국 아추의 부모님은 아추를 달래고 윽박질러 할머니와 함께 집에 남아 있도록 설득했다.

이런 촌구석에서 영화를 다 상영하다니, 마을 사람들은 너도나도 앞을 다투어 길을 나섰다. 옆 마을로 통하는 논길에는 영화를 보러 가는 사람들이 줄줄이 이어졌다. 저물녘 길 위에서는 여기저기 두런거리는 사람들의 이야기 소리가 가득했고, 줄을 지어 이동하는 등

불이 어두워져 가는 밤을 환히 밝히고 있었다.

옆 마을에 가려면 배를 타고 강을 건너야 했다.

부두에 배가 도착하자, 사람들은 서로 배에 먼저 오르려고 밀고 당기며 야단법석을 피웠다. 정원을 초과해 사람을 실은 배의 선체는 수면에서 겨우 15센티미터 정도의 거리를 두고 있었다.

그런데 그때 또다시 장정 두 명이 배 위로 뛰어올랐다. 사람들은 제대로 발을 디디고 서 있을 수조차 없었다. 이리저리 휘청거리며 서로서로 붙잡아야 간신히 균형을 유지할 수 있었다. 그래도 배에서 내리려는 사람은 하나도 없었다. 사람들은 불안한 마음에 안절부절못했고, 발 아래로 밀려들 것만 같은 강물을 감히 내려다보지도 못했다.

배는 이리저리 비틀거리며 간신히 강 한가운데에 이르고 있었다. 그때 멀리서 배 한 척이 지나가며 물살을 일으켰다. 물살은 점점 커지면서 배를 향해 다가왔다. 배에 서 있던 사람들이 술렁이기 시작했고, 배가 흔들리더니 마침내 뒤집히고 말았다.

물에 빠진 사람들은 서로를 잡아당기며 아우성을 쳤다. 삽시간에 강물 위는 아수라장이 되었다. 여기저기서 사람들이 살려 달라며 고함을 질러 댔다.

수영을 잘하는 사람이야 걱정할 것이 없었다. 그럭저럭 개헤엄이라도 칠 줄 아는 사람은 몇 차례 물을 마시고 하얗게 질린 얼굴로도 뭍으로 올라올 수 있었다. 그렇게 뭍에 올라온 사람들은 강물과 함께 배 속에 든 것을 모두 토해 내 버렸다. 그러나 아추의 엄마 아빠는 모두 '맥주병'이었다. 그래서 그들은 소리 한 번 제대로 질러 보지 못하고 물속으로 가라앉고 말았다.

물으로 올라온 사람들은 그제야 물에 빠진 사람들을 구해야 한다는 생각이 들기 시작했다. 하지만 주변은 벌써 캄캄해진 지 오래였고, 사람들은 그런 어둠 속에서 차마 용기를 내지 못하고 있었다. 물로 뛰어든 몇몇 사람들도 수면에서만 왔다 갔다 하며 소리만 지를 뿐, 잠수해서 물속에 있는 사람들을 건져 올 엄두를 감히 내지 못했다. 담이 큰 사람들이 달려왔을 때는 이미 때가 늦은 상태였다.

사고가 나고 며칠 뒤, 다거우의 아버지는 사람들이 모인 자리에서 그 당시 무용담을 떠벌리느라 정신이 없었다. 그의 말에 따르면, 배가 뒤집히고 물에 빠졌을 때 누군가 자신의 팔을 죽어라 잡아당기길래 봤더니 아추의 아버지였다고 한다. 그 바람에 그는 아추의 아버지와 함께 물속으로 빨려 들어갔다. 그는 어떻게 해서든지 아추의 아버지를 떼어 내려고 안간힘을 썼지만 떼어 낼 수가 없었다.

다거우의 아버지는 이제 죽었구나 하는 생각이 들었다고 한다. 그 순간 그는 호주머니에 들어 있는 손전등이 생각났고, 그것을 꺼내 아추의 아버지 손에 쥐어 주었다는 것이다. 그런데 그것이 효과가 있었다! 아추의 아버지가 손에 잡히는 것이 구명대라도 되는 줄 알고 그의 팔을 놓고는 손전등을 잡아챈 것이었다. 그는 손전등 덕에 아추의 아버지를 떼어 내고 겨우 목숨을 건질 수 있었다고 했다.

다거우의 아버지는 그 이야기를 무용담을 늘어놓듯 아주 의기양양하게 떠벌렸다. 마치 자신의 지혜가 그 누구보다도 뛰어나다는 것을 과시하는 듯했다.

이야기를 듣고 있던 사람들도 "아이고, 큰일 날 뻔했네!" 어쩌고 저쩌고하면서 다거우네 아버지의 총명함과 임기응변에 맞장구를 쳤다.

"손을 떼어 냈길래 망정이지, 아니었으면 나도 벌써 저승에 갔을 거야!"

"그럼 자넨 저 뚱보 여편네 얼굴을 다신 못 볼 뻔했구먼."

그 소리에 그 자리에 있던 아주머니 두 분도 킥킥거렸다.

그때부터 아추는 사람은 모두 나쁘다고 확신하게 되었다. 그는 세상이 모두 원수처럼 보였고, 하루가 다르게 난폭해지기 시작했다.

그로부터 3년이 지나고 할머니도 돌아가셨다. 이제는 아추 혼자만 남게 되었다. 며칠은 외가에 가서 밥을 얻어먹고, 며칠은 마을의 이 집 저 집을 떠돌아다니며 얻어먹었다.

아추는 모든 마을 사람이 그에게 갚을 빚이 있다고 굳게 믿었다. 아추가 밥을 먹는 모습은 그야말로 흉악했다. 그는 굶주린 이리처럼 씹지도 않고 밥을 삼켰다. 콧등에 국물을 묻혀 가면서 반은 흘리며 게걸스럽게 퍼 넣었다.

아추는 아주 건장하게 자라났다. 그는 또래 아이들보다 키가 한 뼘은 더 컸다. 타고난 곱슬머리는 유달리 새카맣고 빳빳해서 강력한

용수철을 뒤집어쓴 것처럼 보였다. 작고 가느다란 눈동자에는 작은 동물의 사나움 같은 것이 숨어 있었다.

학교에 들어간 아추는 골목대장 노릇을 했다. 그가 가는 길에는 아이들이 몰려다녔다. 아추는 의자 위에 올라타고는 다른 아이들에게 자신을 메고 다니게 하는 것을 즐겼다. 비가 오는 날이면 아추는 특히나 그런 가마 놀이를 꼭 하려고 했다.

그는 자신을 짊어지고 가는 가마꾼 아이들이 진흙탕 속에서 뒹구는 모습을 보고 좋아했다. 아이들은 미끄러운 진흙 길 위에서 걸핏하면 이리저리 넘어졌다. 때로는 쭉 미끄러지면서 뿡뿡뿡 방귀를 뀌기도 했다. 어쩌다가 아추를 땅에 떨구기라도 하는 날이면 아추는 어김없이 발로 아이들의 배나 엉덩이를 걷어찼다.

아추는 자기 손으로 숙제를 하는 일도 없었다. 아추가 지목을 하면 그 아이는 아추를 대신해 숙제를 해 주어야 했다. 4학년이 될 때까지 아추는 아침밥도 자기 집에서 먹고 나오는 법이 없었다. 그가 아이들 중 한 아이의 코를 손가락으로 가리키며 "너!"라고 하면, 그 아이는 집에서 달걀을 가져와야 했다.

다거우가 아추의 손가락에 걸려든 날은, 그날따라 아버지가 집의 달걀을 모두 내다 팔고 남은 게 하나도 없을 때였다. 다거우는 다른 집 달걀을 훔쳐 올 수밖에 없었는데, 그나마도 주인에게 들켜 결국은 뒤통수를 세 대나 얻어맞았다.

동네 아이들은 아추의 말을 거역할 수가 없었다. 아추의 말을 안 들었다가는 어떤 벌을 받게 될지 아무도 몰랐다.

한 번은 자신의 말을 거역한 아이를 보리밭에 끌고 가서는, 아랫도리를 홀랑 벗긴 후 고추를 드러낸 채 꿇어앉아 있게 했다. 아랫도리가 홀랑 벗겨진 아이는 다른 사람이 볼까 봐 보리밭에서 나오지 못했다. 또 한 번은 사다리를 타고 지붕 꼭대기로 올라가게 한 후 사다리를 치워 버리기도 했다. 그 아이는 지붕 위에서 종일 뜨거운 햇볕을 받으며 땀을 뻘뻘 흘려야 했다.

제일 가혹한 벌은 패거리들을 시켜 아이를 구석에 몰아 놓고는 온갖 욕설과 조롱을 퍼붓는 것이었다. 그렇게 하면 그 아이는 저물녘이 되기도 전에 집 안의 물건을 몰래 들고 와서 아추에게 사정사정을 하게 되는 것이다.

그렇다고 집안 어른들에게 사실대로 이야기하는 아이는 하나도 없었다. 그런 얘기를 했다가는 아이들에게 따돌림을 당할 뿐만 아니라 부모님에게도 혼쭐이 날 것이 뻔했기 때문이다.

다거우는 아추의 졸병이었다.

아추는 이제 5학년이 되었다. 담임 선생인 양 선생님은 나이가 많은데다 눈이 아주 나빴다. 칠판에 글씨를 쓰려면 칠판 가까이 얼굴을 들이대야 겨우 볼 수 있을 정도였다. 칠판에 코가 닿을 듯 말 듯 다가가서 글씨를 쓰는 그의 모습은 마치 칠판에서 무슨 냄새를 맡으려는 것처럼 보였다.

아추는 그런 그를 '양씨 할아방'이라고 불렀다. 어떤 경우에는 그가 들을 수 있는 자리에서도 그렇게 불렀다. 화가 난 양씨 할아방은 아추를 혼내 줄 생각으로 아추의 귀를 잡아채려고 했지만, 그것도 쉬운 일이 아니었다. 양씨 할아방의 손이 다가오는 순간 아추가 잽싸게 피해 달아나 버리기 때문이다.

양씨 할아방은 교장 선생님을 찾아가, 목을 뻣뻣이 세우고는 눈알을 굴리며 소리를 질러 댔다.

"그 녀석을 안 쫓아내면 내가 선생 노릇을 때려치울 테요!"

그리하여 교장 선생님은 마침내 아추를 불러다가 반나절이나 벌을 세웠다.

그렇게 아추가 벌을 선 것도 벌써 네 번째였다. 벌을 서고 있을 때, 마침 아추는 다거우가 교무실 문 앞을 스쳐 지나가는 것을 보았다. 아추는 다거우의 눈이 자신을 비웃고 있는 것만 같았다. 교장 선생님이 보고 있지만 않았다면 아추는 당장 달려가서 다거우를 때려줬을 것이다.

그즈음부터 아추는 양씨 할아방을 미워했다.

양씨 할아방이 꼭두새벽에 일어나서 제일 먼저 하는 일은 묵은 신문 쪼가리를 들고 어디론가 가는 것이다. 그곳은 작은 일을 본다고 해서 '소변간', 큰 일을 본다고 해서 '똥간'이라고 부르기도 하고, 조금 예의를 갖춰 '용변소'라고 부르기도 하는 곳이다. 용변은 대부분 앉아서 보는데, 그때 앉는 의자가 '용변기'이다.

양씨 할아방은 한 번 용변기에 앉으면 한 시간은 앉아 있곤 했다.

용변소는 푸른 대나무 숲 한가운데 자리 잡고 있었는데, 이른 아침이면 새들이 날아와 지저귀곤 했다. 그 소리는 맑은 연못에 떨어지는 물방울 소리처럼 가볍고 상쾌했다. 양씨 할아방은 용변기 위에 앉아 그 새소리를 즐기면서 손에 들고 온, 때 지난 신문 쪼가리의 '냄새를 맡는' 것이었다. 그러고는 시원하게 일을 치르고 상쾌한 기분으로 용변소를 나선다. 그는 매일같이 이렇게 진지하게 아침 일을 치르곤 했다.

그날도 양씨 할아방은 여느 날과 다름없이 새벽같이 일어나 큰 일을 보고 있었다. 처음 얼마 동안은 별일 없이 일을 보던 그는 오래전부터 생긴 변비 때문에 두 다리를 의자 다리에 걸치고서 있는 힘껏 용을 썼다. 그런데 그 순간 '빠지직' 소리가 나더니, 무슨 일이 벌어지고 있는지 알아차릴 새도 없이 용변기 다리가 부러지고 말았다. 양씨 할아방은 아랫도리를 다 드러낸 채 그대로 똥통에 빠졌다. 이 일은 그 후 한참 동안 젊은 선생들 사이에서 웃음거리가 되었다.

그러던 어느 날, 길에서 양씨 할아방을 만난 오리치기 라오저우우가 양씨 할아방에게 새로운 사실을 알려 주었다.

"그날, 내가 오리들을 강에 풀어놓으러 가고 있는데 말이야. 글쎄 아추 녀석이 톱을 들고 자네 용변소로 들어가더구면."

집으로 돌아가 용변기의 다리를 살펴본 양씨 할아방은 과연 용변기 다리가 톱질이 되어 있는 것을 발견했다. 순간 열이 뻗친 양씨 할아방은 그 길로 교장 선생님을 찾아가 노발대발하더니, "당신이 직접 가르치시오!" 하는 마지막 말을 남기고는 학교를 떠나 버렸다.

아추는 종일 집 안에 갇히게 되었다. 양씨 할아방은 꼬박 일주일이
나 학교를 나오지 않았다. 여러 선생님들이 아기 달래듯 달랜 뒤에야
그는 다시 교단에 섰다. 그때부터 양씨 할아방은 노인네 특유의 쌀쌀
맞은 눈빛으로 아추를 노려보고는 했다.

　라오저우우네 오리들이 깜짝 놀라 꽥꽥거리면서 물 위를 이리저
리 휘젓고 다녔다. 오리들은 뭔가에 크게 놀란 듯했다. 그렇지 않아
도 알을 낳을 시기인지라 조바심치고 있던 라오저우우는 놀라서 법
석을 피우는 오리 떼를 보자 애가 달았다. 알을 낳을 시기만큼은 갈
대 수풀에서 가만히 안정을 취해야 하는 법이다. 그때 오리가 놀라
게 되면 똥구멍에 힘이 빠지면서 채 여물지도 않은 알이 쑥 빠져 버
리게 되는 것이다.
　요 며칠 아침마다 라오저우우는 버들가지로 짠 큼직한 바구니에
오리알을 한가득 거둬들일 수 있었다. 오리알을 거둬들이면서 얼마
나 신이 났던지 라오저우우의 헤벌어진 입에서는 침이 줄줄 흐르기
까지 했다. 그런데 오리들이 놀란 뒤부터는 제대로 알을 낳지 못했
다. 아침마다 바구니 바닥도 다 채우지 못하는 오리알 몇 개를 바라
보면서 라오저우우는 한숨을 내쉬었다. 라오저우우는 족제비가 자
신의 오리들을 놀라게 했을 거라고 단정했다. 아추는 라오저우우가
사람들에게 족제비의 소행에 관해 하소연하는 것을 들었을 때 그를

노려보면서 입을 삐죽 올리고는 속으로 몰래 웃었다.

라오저우우네 오리들이 난리를 피우게 된 것은 물론 아추의 소행이었다. 그는 갈대 수풀에 몰래 숨어 있다가 안고 있던 고양이를 오리 떼에게 던졌던 것이다.

하지만 그것만으로는 도대체 성이 풀리지 않았다. 그 일 말고도 아추의 복수는 계속되었다. 그는 이제껏 누군가를 용서해 본 적이 없었다.

입춘이 되었다. 이 고장에는 입춘에 수박을 먹는 풍습이 있었다. 입춘에 왜 수박을 먹는지, 그 이유를 아는 사람은 아무도 없었다. 예전부터 입춘에는 수박을 먹어 왔으니 그냥 풍습에 따라 먹을 따름이었다.

아침에 강가에서 낚시질을 하던 아추는 커다란 수박 한 덩이를 안고 집으로 돌아가는 라오저우우를 보았다. 아추는 어른들이 모두 일하러 나가기를 기다렸다가, 라오저우우의 집에 몰래 숨어들었다. 아추는 과도를 가져다가 수박에 조그만 구멍을 팠다. 그러고는 수박 껍질만 남을 때까지 숟가락으로 속을 파내어 실컷 배를 채웠다. 이젠 겉보기에만 멀쩡할 뿐 속이 텅 빈 수박 한 덩이가 눈앞에 놓여 있었다.

아추는 라오저우우 영감이 특히 가증스럽다고 생각했다!

수박 한 덩이를 혼자 다 먹고 난 아추는 갑자기 화장실이 가고 싶어졌다. 순간, 속이 텅 빈 수박에 눈길이 멎었다. 아추는 작은 새우 눈으로 수박을 뚫어져라 쳐다보았다……

그날 저녁 라오저우우는 근엄한 목소리로 집안 식구들을 불러 모았다. 입춘이니 함께 수박을 먹어야 한다는 것이다. 식구들은 커다란 수박을 가운데 놓고 빙 둘러앉았다. 집안 어른인 라오저우우가 수박을 자르는 것이 마땅했다. 라오저우우는 수박 머리에 식칼을 겨누고서는 있는 힘껏 수박을 갈랐다. 쩍! 소리가 나며 단번에 수박이 두 동강 나고, 안에 들어 있던 노란 물이 사방으로 쏟아져 나왔다. 탁자는 오줌으로 뒤범벅이 되고 말았다.

순간 라오저우우 영감은 이성을 잃어버렸다. 라오저우우는 부엌으로 달려가 식칼과 도마를 들고 집 밖으로 뛰쳐나갔다. 골목 한가운데에 이른 라오저우우는 길바닥에 도마를 내려놓고는 무릎을 꿇고 앉아 식칼로 도마를 다지기 시작했다. 그것은 이 고장에서 사람을 저주할 때 쓰는 가장 심한 방법이었다. 그렇게 하면 나쁜 짓을 한 사람의 영혼이 죽게 된다는 것이다. 따라서 웬만한 일로는 이런 저주를 사용하지 않았다.

사람들이 보통 '도마 다지기'라는 저주를 할 때면, 도마를 다지면서 상대방에 대한 욕을 마구 퍼부어 대는 것이 일반적이었다. 그러나 라오저우우는 입을 꼭 다문 채 도마를 다지기만 했다.

얼굴이 잿빛으로 변한 라오저우우의 누런 눈동자는 도마를 응시한 채 꼼짝도 하지 않았다. 식칼로 도마를 내리칠 때면 도마에 칼자국이 선명하게 패었다. 때로는 어찌나 세게 도마를 내리찍었던지 칼이 도마에 꽂혀 뽑히지 않기도 했다.

아추는 꼼짝도 하지 않고 문 뒤에 숨어 라오저우우의 모습을 훔

쳐보았다. 아추는 라오저우우가 저렇게까지 화를 낼 줄은 상상도 하지 못했었다. 아추는 무의식적으로 자신의 손톱을 물어뜯었다. 그날 저녁 이후로 아추의 손톱은 모두 톱날처럼 삐쭉삐쭉하게 되었다.

며칠이 지나, 나무다리를 건너려던 아추는 다리 끝에서 라오저우우와 마주쳤다. 그때 라오저우우는 두 어깨에 메고 있던 분뇨통을 잠시 내려놓고는 숨을 고르고 있었다. 기운을 좀 차리고 나서 다리를 건널 생각인 듯했다.

"우 할아범, 제가 좀 도와 드릴까요?"

라오저우우는 아추의 말에 깜짝 놀랐다. 아추가 다른 사람을 도와주겠다고? 아추가 누굴 도와준 적이 있었던가?

"어서요. 하나씩 하나씩 함께 들어서 옮기자고요."

아추가 분뇨통 한쪽을 잡고 재촉했다.

"나 혼자서도 할 수 있다."

라오저우우는 이렇게 말하면서도 속으로는 아추의 행동에 감동하고 있었다. 그는 눈물이 날 것만 같았다.

"영차!"

아추와 함께 분뇨통 하나를 들어 다리 건너편에 옮겨 놓고 난 후, 라오저우우는 다른 한 통을 마저 가지러 가려고 다시 다리를 건너고 있었다. 그런데 아추는 그 자리에 꼼짝 않고 선 채로 묘한 웃음을 지어 보였다.

"할아범이 양씨 할아방한테 말했지요?"

라오저우우는 고개를 돌려 아추를 쳐다보았다. 그는 아추의 말에 어떻게 대답해야 할지 몰라 우물쭈물했다.

"오리들은 아직도 알을 잘 낳나요?"

"이 녀석!"

"수박은 맛있었어요?"

지게 작대기가 날아왔다. 아추는 살짝 몸을 피했다. 그러면서 두 팔로 앞을 가린 채 두 눈을 질끈 감았다.

라오저우우의 몸이 앞으로 쏠리더니 앞으로 고꾸라졌다. 목이 뻣뻣해지면서 몸 안에 있는 모든 근육이 당겨진 고무줄처럼 팽팽해졌다. 몸 안에 있는 모든 핏줄이 머리로 몰려들고, 근육이 불끈불끈 솟아오르며 눈가에 경련이 일었다.

"이노옴! 널 죽여 버리고 말 테다!"

아추는 두려운 기색이라고는 전혀 없었다. 라오저우우 혼자서만 씩씩거릴 따름이었다.

"날 죽이겠다고요? 어서 죽여 보시지요."

아추는 한쪽 다리를 까딱거리면서 발로 땅을 톡톡 때렸다.

아추를 맞추지도 못한 지게 작대기는 땅에 떨어지며 작은 구멍만 만들었다.

아추는 화가 난 라오저우우를 내버려 둔 채 자기 갈 길을 갔다. 한 열 걸음쯤 갔을까? 아추가 갑자기 걸음을 멈추더니, 라오저우우 영감을 향해 엉덩이를 내밀고는 이리저리 흔들어 댔다. 그러고는 두 손을 위로 쳐들어 리듬에 맞춰 손뼉을 쳐 댔다. 이 고장에서 그런 행동은 상대방을 멸시할 때 하는 행동이었다. 말하자면 "내가 널 무서워할 줄 알고?"라는 뜻을 나타내는 셈이다.

원래 분뇨통은 양쪽 어깨에 하나씩 걸치고 균형을 맞추어 옮겨야
한다. 그런데 이제 분뇨통 하나는 이쪽에 다른 하나는 저쪽에 있으니,
라오저우우는 오도 가도 못 하는 신세가 되어 버렸다. 라오저우우는
지게 작대기를 들고 한참 동안 다리를 쓸데없이 왔다 갔다 해 보다가
결국 포기한 채 다리 한가운데 멍하니 서 있을 수밖에 없었다.

얼마나 지났을까. 라오저우우는 다리 중간에 털썩 주저앉아 강물
을 내려다보며 혼자 중얼거렸다.

"그 녀석이 어미 애비만 있었어도, 내 그 녀석을 두 동강 내고 말
았을 텐데. 불쌍해서 차마 그렇게 못 한다는 걸 녀석도 알고 있는 게
야. 괘씸한 녀석!"

이렇게 혼잣말을 하다 보니, 라오저우우는 다시 화가 나기 시작
했다.

"내가 그놈을 작살내지 못할 줄 알고? 어디 두고 보자!"

라오저우우의 눈앞이 흐려지더니 눈물이 고이기 시작했다. 그는
이날 이때까지 그 누구에게서도 이렇게까지 희롱당한 적이 없었던
것이다.

아추는 골목 입구를 지키고 서 있었다. 그곳은 다거우가 학교를
마치고 집에 돌아가려면 꼭 지나가야 하는 길목이었다.

작은 병아리 새끼처럼 고개를 쑥 빼고 걷던 다거우가 길목에 서 있는 아추를 발견했다. 다거우는 아추의 사악한 눈동자 속에 뭔가 심상치 않은 것이 담겨 있다는 걸 눈치챘다.

아추를 보자 다거우의 두 다리에서 힘이 쏙 빠져나갔다. 다거우는 애원하는 눈빛으로 주변에 어른들이 있는지 둘러보았다. 지금은 저물녘, 사람들은 벌써 다 자기 집으로 돌아간 때였고 길은 텅텅 비어 있었다. 그는 오던 길로 되돌아가고 싶었다. 하지만 이미 아추를 보고 멈춰 선 상황에서 그 자리를 피하는 것도 여의치 않았다. 다거우는 한 걸음 한 걸음 억지로 발을 떼어 가며 아추에게로 다가갔다.

다거우가 아추 앞에 멈춰 섰다. 누렇게 뜬 얼굴을 한 다거우는 눈동자 가득 애원의 빛을 담고 아추를 바라보았다.

"따라와!"

아추가 말했다.

아추는 들판을 가로질러 앞서 나아갔다. 뒤따라가던 다거우는 밭뙈기 하나를 지날 때마다 점점 더 황량해지는 기분이 들었다. 저문 하늘을 가르며 까마귀 떼가 날아갔다. 공기를 가르는 날갯짓에서는 건조하고 적막한 소리가 퍼져 나가고 있었다. 저녁 기운이 점점 더 짙어지며 하늘이 어두워졌다. 아추와 다거우는 푸른 들판을 뒤로 한 채 계속 걸어갔다.

마침내 그들 앞에 황량한 언덕 하나가 나타났다. 언덕 위에는 이리저리 구불구불 가지가 얽혀 있는 늙은 나무 한 그루가 서 있었다. 어두운 하늘 아래에서 보이는 그 나무 그림자는 마치 거대한 손아

귀처럼 보였다. 황량한 언덕 여기저기에는 오래된 무덤이 띄엄띄엄 자리 잡고 있었다. 다거우는 갑자기 온몸이 서늘해졌다. 고개를 들어 별이라도 찾아보려고 했지만, 새까만 하늘에는 아무것도 보이지 않았다.

"그날 교무실에서 벌서고 있는 날 보고 고소해했겠다!"

"아…… 아니……. 난 그런 적 없……."

"그러지 않았다고? 네가 웃는 걸 내가 다 봤는데도? 어서 돌아서."

다거우는 어떻게 해야 좋을지 알 수 없었다. 앞에 보이는 언덕 도처에 뭔지 모를 위험이 도사리고 있는 듯했다.

"저기 뭐가 보이지?"

아추가 밭두렁에 앉아 이렇게 물었다.

"아무것도 없어."

"저쪽에 있는 도깨비불을 못 봤다고? 저기, 저기 말이야. 파란색에 둥근 도깨비불이 펄떡펄떡 뛰어다니잖아. 안 보여?"

다거우는 두 눈을 꼭 감아 버렸다.

"여긴 귀신들이 산대. 마을 어른들이 다들 그렇게 말하잖아. 지난번에는 라오저우우가 오리를 찾으러 여기까지 왔다가 그만 귀신이랑 딱 마주쳤다는 거야. 그것도 한두 놈이 아니었대. 얼굴은 눈 코 입도 없이 그냥 판판했다는 거야. 조그만 아기 귀신들이 무덤 위에서 이리저리 뛰어다니며 놀고 있었다던데……. 너도 그 얘기 들어 봤지?"

"드…… 들었어……."

다거우의 목소리가 덜덜 떨리고 있었다.

"아추 형, 우리…… 우리 돌아가자."

"뭐가 무섭다는 거야. 이렇게 내가 너랑 같이 있잖아."

다거우는 용기를 내서 눈앞에 있는 시커먼 언덕 쪽을 힐끔 쳐다보았지만, 이내 다시 무서워져서 두 눈을 꼭 감고 말았다.

언덕 위로 차가운 밤바람이 불어왔다. 바람에 마른 풀들이 사륵사륵 소리를 냈다. 그때 언덕 저 깊은 곳에서 갑자기 야생 닭의 울음소리가 들려왔다. 단조로운 닭 울음소리는 그렇지 않아도 쥐 죽은 듯한 분위기를 더 적막하게 만들었다.

"아추 형……."

다거우는 주변에 아무도 없는 것만 같았다.

"아추 형……."

역시나 대답이 없었다.

사방을 둘러싸고 있는 어둠이 그를 짓누르는 것만 같았다. 다거우가 뒤를 돌아보았다. 아추는 벌써 자취를 감춘 지 오래였다. 혼자 남아 있다는 사실을 확인한 다거우는 놀란 토끼처럼 내달리기 시작했다. 그는 죽을힘을 다해 뛰어가면서 목청 높여 아추를 불러 댔다.

"아추 형! 아추 형!"

몇 차례 소리를 지르던 다거우는 아무리 소리를 쳐 봤자 소용없다는 생각이 들었다. 다거우는 이번에는 엄마 아빠를 부르면서 내달렸다. 두려움에 터져 나오는 울음소리만이 적막한 어둠을 가르며 퍼져 나갔다.

결국 다거우는 심하게 앓아누웠다. 온몸이 꼭 불덩이 같았다. 고열에 시달리던 다거우는 그렇게 이틀이나 앓고 난 후에야 조금씩 나아지기 시작했다.

다거우네 아버지 입장에서 본다면 자식을 이 지경으로 만든 아추를 불러다 놓고 오줌을 질질 싸도록 혼찌검을 내는 것이 마땅했다. 하지만 어찌 된 영문인지 다거우의 아버지는 사람을 뚫어져라 노려보는 아추의 눈빛만 마주하면 머리가 텅 비어 버리는 것이었다.

다시 등교하게 된 다거우는 더 이상 아추의 졸병 노릇을 하지 않았다. 그는 언제나 아추와 멀찌감치 거리를 두었고, 아추와 마주쳐도 예전처럼 위축되지도 않았다. 때로는 두 눈을 부릅뜨고 아추를 똑바로 쳐다보기까지 했다. 그런 다거우의 태도는 아추를 화나게 만들었다.

"내일은 네가 달걀 두 개를 가져올 차례야!"

아추가 말했다.

다음 날 아추는 등굣길에서 다거우를 기다리고 있었다. 다거우에게 다가온 아추는 그의 코앞에 손을 내밀었다. 달걀을 내놓으라는 것이다. 하지만 다거우는 아무런 거리낌도 없이 아추의 손을 탁 쳐내더니, 머리를 꼿꼿이 들고 당당하게 아추 곁을 지나쳐 가는 것이 아닌가.

아니, 이럴 수가. 이번에야말로 아추는 깜짝 놀라지 않을 수 없었다. 한 번 내밀면 반드시 달걀이 들려 돌아와야 할 손이 이번에는 그냥 비어 있는 것이 아닌가. 아추는 아무것도 쥐고 있지 않은 자신의 손이 진짜 자신의 손이 아닌 것만 같았다. 그는 그렇게 한참 동안 서 있었다.

아추가 정신을 차렸을 때는 다거우가 벌써 학교 건물 안으로 들어가려 할 때였다. 아추는 단숨에 달려가 다거우의 멱살을 낚아챘다. 그러고는 다거우를 땅바닥에 메다꽂았다.

천천히 몸을 일으킨 다거우는 여전히 머리를 꼿꼿이 세운 채, 계속 앞으로 걸어 나갔다. 아추가 다시 다거우를 쓰러뜨렸다. 다거우는 다시 일어났다. 코에서 코피가 흘러내렸다. 한 차례 바지를 추슬러 올린 다거우는 그래도 가던 길을 계속 걸어갔다. 그 모습은 그야말로 용감무쌍했다.

아이들이 몰려들었다. 구경꾼들은 쥐 죽은 듯 조용했다.

이번엔 아추가 아예 다거우의 앞길을 가로막고 버렸다.

다거우의 눈에 눈물이 고였다. 하지만 눈물방울 너머에서 활활 타오르고 있는 눈동자는 분노로 아추를 꼬나보고 있었다. 순간 다거우가 들고 있던 가방을 집어 던지고는 아추에게 달려들었다. 다거우의 모습은 한 마리 황소 같았다.

그러나 아추가 잽싸게 몸을 피하자, 다거우는 그대로 땅바닥에 쓰러져 버렸다. 한참 만에 일어난 다거우의 입에선 피가 흘렀다. 다거우는 고개를 옆으로 돌린 채 아추를 째려보았다.

아추는 꼿꼿이 선 채 꿈쩍도 하지 않았다. 다거우가 다시 달려들었다. 다거우는 물불을 가리지 않았다. 그는 주먹을 마구 휘두르며 닥치는 대로 물어뜯었다.

제일 힘이 약한 다거우가 반란을 일으킨 것이다!

다거우와 아추를 가운데 두고 둘러선 아이들은 흥분으로 얼굴이 빨갛게 달아올랐다. 쿵쿵거리는 아이들의 심장 소리가 귓가에서 들리는 듯했다. 어깨와 어깨를 나란히 맞대고 손에 손을 잡고 둘러선 아이들의 울타리가 점점 더 좁혀 들어가고 있었다.

두 주먹을 단단히 쥔 아추가 팔을 휘둘러 다거우에게 한 방을 먹였다. 단 한 방으로 다거우는 2미터나 날아가 떨어졌다.

여기저기서 선생님들이 달려 나왔다. 다거우가 다시 고개를 빳빳이 쳐들었다. 흙으로 뒤범벅이 된 얼굴 위로 두 줄기 눈물이 주르르 흘러내렸다. 수많은 아이들이 이유를 알 수 없는 눈물을 쏟아 냈다. 아이들은 통곡을 했다.

그 모습을 본 선생님들이 모두 우르르 교장실로 달려갔다. 그러고는 수업 거부를 공식적으로 선언했다. 지금 당장 아추를 퇴학시키지 않으면 더 이상 수업을 하지 않겠다는 것이다.

드디어 교장 선생님이 복도로 걸어 나왔다. 그는 아추, 그 천애의 고아를 바라보면서 참담하게 웃었다.

얼마나 시간이 흘렀을까. 마침내 교장 선생님이 입을 열었다.

"아추의 숙제장을 가져오시오."

한 선생님이 숙제장을 가지러 갔다.

"아추가 집에서 가져왔던 의자를 교실 밖으로 내와라."

한 아이가 의자를 가지러 갔다.

말을 마친 교장 선생님은 아추에게서 고개를 돌린 채 그 자리를 떠나 버렸다.

아추는 유령처럼 떠돌아다녔다. 그와 함께하는 것은 끝도 없는 적막뿐이었다.

아추는 버드나무 아래 앉아 하릴없이 개미들이나 들여다보았다. 수많은 개미들이 분주하게 움직이고 있었다. 순간 아추는 미묘한 살의의 충동을 느꼈다. 그는 깨진 기와 조각 하나를 손에 쥐고 이리저리 흙을 긁어모아 흙무덤을 쌓았다. 그러더니 봉우리 꼭대기의 흙을 조금 덜어 내어 움푹하게 만들었다. 흙무덤을 다 만든 아추는 이번엔 가느다란 허리를 가진 그 미물들을 하나씩 잡아 무덤 꼭대기 옴폭한 곳에 담기 시작했다.

주변의 개미를 다 잡자, 아추는 자리에서 일어났다. 그러고는 한 손으로 허리띠를 쑥 잡아 뺐다. 훌렁 하더니 바지가 발목까지 흘러내렸다. 아추는 손에 들고 있던 허리띠를 목에 걸고 시원하게 오줌을 누기 시작했다. 오줌 줄기는 흙무덤 꼭대기를 향해 세차게 쏟아져 내렸다. 아추는 볼일을 다 보고 나서도 바지를 추어올릴 생각도 않고 그냥 그대로 선 채로 개미 떼의 모습에 시선을 고정하고 있었다. 오줌통 속에서 허우적대는 미물들의 모습은 참으로 볼 만했다. 아추는 그 미물들이 우습고 가소로웠다.

한참 개미 떼를 감상하던 아추가 다시 버드나무 아래에 드러누웠다. 눈을 감자 솔솔 잠이 오는 듯했다. 하지만 깊은 잠에 빠져들지는 않았다. 그렇게 잠이 든 듯 만 듯 반나절을 나무 그늘에 누워 있던 아추가 살포시 눈을 떴다. 그는 손에 잡히는 대로 나뭇가지 하나를 찾아 쥐고는 휙휙 공기를 가르며 이리저리 싸돌아다녔다.

뉘 집에서 집 지을 준비를 하는지 탈곡장에는 이제 막 새로 찍어낸 벽돌을 햇볕에 말리고 있었다. 아추는 가지런히 줄지어 서 있는 그 벽돌들이 보기 싫었다. 그렇지 않아도 심심하던 차에 아추는 벽돌을 하나하나 발로 차 쓰러뜨리기 시작했다. 50개씩 일렬로 서 있던 벽돌들이 눈 깜짝할 사이에 모두 쓰러져 버렸다. 발길질에 재미가 붙은 아추는 쓰러진 벽돌들에 또다시 발길질해 댔다. 채 마르지 않은 벽돌들은 산산이 부서져 이내 흙더미가 되어 버렸다.

그래도 아추는 성이 차지 않았다. 그는 모든 인간들과 한판 붙고 싶었다. 그는 억압을 당했고, 그들이 모두 미웠다. 아추는 하늘에 떠 있는 태양까지도 마음에 들지 않았다.

"개 같은 태양은 뭐 할라고 저렇게 매일매일 똑같이 내리쬐는겨!"

아추는 자기도 모르는 사이에 어느덧 콴 할아버지네 집 앞에 서 있었다. 사립문 틈으로 빠끔히 들여다보니 벽에 걸려 있는 커다란 징이 눈에 들어왔다. 요 며칠 아추는 그 징에 눈독을 들이고 있었다.

이 마을에는 규칙이 하나 있었다. 다른 악기와 협주하지 않고 징만 두드리는 일, 그것도 아주 빠르게 징만 쳐서는 안 된다는 규칙이 있었다. 그건 뉘 집에 불이 났을 때, 그것을 마을 사람들에게 알릴 때 쓰는 방법이었기 때문이다. 콴 할아버지네 집에 걸린 커다란 징은 마을 사람들이 돈을 모아 만든 것이었다. 그리고 콴 할아버지네 집이 마을 한가운데 있었기 때문에 1년 사계절 그 자리에 징이 걸려 있게 된 것이다.

며칠이 지났을까. 어느 날 오후, 밭에서 일하던 사람들은 '뎅뎅뎅' 쉴 새 없이 울리는 징 소리를 듣게 되었다. 사람들은 저마다 서둘러 일손을 내려놓았다. 어디선가 "불이야!" 하는 외침이 들려왔다. 그 소리에 온 마을 사람들이 여기저기서 소리를 치며 마을로 달려가기 시작했다.

그 소리에 인근 몇 개 마을의 징도 덩달아 울리기 시작했다. 이 지방에서는 '불이 난 것'을 '물이 났다'고 말한다. 사람들이 여기저기서 소리를 질러 댔다.

"앞마을에 물 났다! 앞마을에 물 났다!"

물통, 대야, 항아리, 양동이…… 물을 퍼 나를 만한 그릇이면 무엇이든 하나씩 손에 쥔 사람들이 여기저기서 뛰어다니기 시작했다. 그 모습은 그야말로 장관이었다.

이 고장은 갈대 지대라서 모든 집을 갈대로 지었다. 만약 한 집에서 '물'이 나게 되면 이내 주변으로 옮겨 온 마을이 재난을 입기 쉬웠다. 그래서 마을마다 불을 끌 수 있는 대형 기구가 하나씩 갖춰져 있는데, 이곳 사람들은 그것을 수룡, 즉 '물의 용'이라고 불렀다.

구리로 만든 분수기를 거대한 나무통 안에 넣은 후 장정 네 명이 젊어지고 '물이 난' 집에 도착하면, 거기서부터 물가까지 사람들이 일렬로 늘어서서 물을 나른다. 이렇게 하면 분수기가 들어 있는 커다란 나무통에 금방 물이 차게 된다. 나무통에 물이 다 차면 장정 여덟 명이 두 패로 갈라져, 분수기에 달린 손잡이를 양쪽에서 펌프질해 대면 분수기에서 물이 뿜어져 나오는데 그 물길이 20미터도 넘게 뻗어 나가는 것이다.

'물이 났다'는 소리에 장정 네 명이 바로 그 '수룡'을 짊어지고 나섰다. 사람들은 물통 하나씩을 손에 들고 그 뒤를 따랐다. 사람들이 여기저기 뛰어다니는 발소리에 온 동네가 소란스러웠다. 코흘리개들은 불이 났다는 소리에 놀라면서도 무슨 재미있는 일이라도 생긴 것처럼 여기저기 뛰어다녔다.

"불이야! 불났어요! 불이요!"

아추는 벌써 징을 버리고 마을 한가운데 있는 늙은 은행나무 위로 기어 올라가서 숨어 있었다. 거기서 그는 모든 것을 내려다볼 수 있었다.

사람들은 이리저리 뛰어다니며 여기저기서 웅성댔고, 개가 뛰고 닭이 날고…… 학교에서 쫓겨난 이후로 이번처럼 재미있는 일은 또 없었다. 그는 새색시 어쩌고저쩌고하는 노래를 흥얼거리고 싶은 것을 간신히 억누르고 있었다.

"그런데 누구 집에 물이 난 거야?"

서로서로 묻느라고 정신이 없었다.

그러나 그 누구도 어느 집에서 물이 났는지 정확히 아는 사람이 없었다. 잠시 후, 그 누구의 집에서도 물이 나지 않았다는 사실이 드러났다.

미신에 따르면, 수룡이 행차했는데도 물을 뿜지 않고 그대로 거둬들여서는 안 된다. 반드시 물을 뿜어 수룡 행차가 헛된 것이 아니었음을 보여 주어야 하고, 그렇게 해서 불이 다 꺼졌다는 걸 증명해야 한다. 그렇지 않으면 어딘가에서 진짜로 '물'이 나게 된다는 것이다.

하지만 불난 집이 없다는 사실이 드러나자 사람들은 갑자기 맥이 빠져 수룡에 물을 채울 생각도, 펌프질을 할 생각도 하지 않았다. 미신을 철저히 믿는 노인네들은 가만히 서 있는 사람들을 보자 안달이 났다. 마을 어른들이 앞에 나서서 이 사람 저 사람에게 고개를 숙여 가며 사정을 하고서야, 사람들은 물을 뜨러 강으로 가기 시작했다.

드디어 수룡이 행차한 값을 하게 된 것이다. 수룡은 집을 향해 이리저리 마구 물길을 뿜어 댔다. 바깥 마을에서 온 몇몇 사람들은 어차피 오늘 하루 일을 할 수 없게 되었다는 사실에 생각이 미쳤던 것이다.

"어서어서 물 주세요! 빨리빨리 날라요!"

펌프질을 하는 사내들이 소리쳤다. 호스를 쥔 사람들은 두 눈을 질끈 감고 아무 데나 대고 물길을 뿜었다. 사람들은 물벼락을 맞지 않으려고 머리를 감싼 채 이리저리 피해 다녔다. 어떤 집은 사립문이 쓰러졌고, 또 어떤 집은 울타리가 부서졌다. 순식간에 사람들은 비 맞은 수탉 꼴이 되었다. 어떤 집은 집 안까지 물에 젖어 버렸다. 길바닥은 온통 흙탕물투성이가 되었다.

이웃 마을 사람들은 그제야 펌프질을 멈췄다. 물을 푸느라 애를 썼던 사내들은 목젖을 껄떡거리며 숨을 몰아쉬었다. 마을은 온통 물난리가 난 것처럼 되어 버렸다.

나이가 지긋한 한 노인이 여기저기 짓밟힌 마을 밖 논밭을 바라보고 있었다. 그러고는 다시 물이 흥건한 마을 길로 눈길을 돌렸다.

갑자기 그 노인네는 지팡이로 땅바닥을 후려치며 호통쳤다.

"어떤 후레자식이 징을 친 거여?"

사방이 순식간에 조용해졌다.

"징을 친 게 뉘기여?"

수많은 사람들이 여기저기서 소리쳤다. 마치 사람을 잡아먹기라도 할 듯한 기세였다. 그때 풀밭에서 다거우가 뛰쳐나오며 소리쳤다.

"난 알아요!"

상류에 홍수가 났다는 소식에 온 마을이 잔뜩 긴장했다. 댐이 무너졌다가는 마을 전체가 물에 잠길 것이기 때문이다. 집집마다 좀 더 높은 곳으로 피난 갈 채비에 여념이 없었다. 배는 모두 강가에 단단히 묶어 두었다. 하지만 아이들은 이런저런 상황에도 아랑곳하지 않고 여느 때와 마찬가지로 노는 데 정신이 팔려 있었다.

다거우는 강가에 묶여 있는 배에 올라가 놀고 있었다. 그는 갈대

잎을 주워다가 강물에 띄워 보내며 시간을 보내고 있었다.

아까부터 그 모습을 지켜보던 아추가 살금살금 배가 묶여 있는 곳으로 다가왔다. 놀이에 정신이 빠져 있던 다거우는 아추가 가까이 오는 것도 알아채지 못했다. 바로 옆까지 온 아추는 배를 매어 놓은 밧줄을 풀더니, 대나무 삿대로 배를 강 속으로 밀어 넣었다. 그러고는 자신도 대나무 삿대를 장대 삼아 휙 몸을 날리더니 배에 올라탔다.

"내려 줘!"

순식간에 벌어진 일에 당황한 다거우가 두려움이 잔뜩 배인 목소리로 소리쳤다.

"내려 달라고? 그럼, 어디 한번 뛰어내려 보시지. 어서 뛰어내리라고! 네가 물에 빠지면, 그해 네 아버지가 우리 아버지한테 했던 것처럼 나도 꼭 그렇게 해 줄 테니! 어서 뛰어내려!"

이렇게 소리치는 아추의 모습은 얼마나 차갑고 냉랭했던지, 도저히 어린아이 같지 않았다. 수영을 할 줄 모르는 다거우는 아추가 하는 대로 내버려 둘 수밖에 없었다.

아추는 입을 꼭 다물고 있는 힘을 다해 배를 몰아 하구를 빠져나왔다. 그러고는 끝도 없이 펼쳐진 갈대 늪 속으로 배를 몰았다. 갈대 늪으로 들어서자 아추는 삿대를 내려놓고는 뱃머리에 앉아 물길 따라 배가 흘러가도록 내버려 두었다. 배는 점점 더 깊은 갈대숲 속으로 떠내려갔다.

인가에서 멀어진 작은 배에서, 그것도 혼자서 아추와 마주하고

있자니 다거우는 주눅이 들 대로 들었다. 게다가 주위에는 사람이라
고는 그림자도 찾아볼 수 없는 갈대밭뿐이지 않은가.

배는 그렇게 흐르고 흘러 어느덧 마을에서 꽤 멀리 떨어진 곳까
지 이르렀다.

"내가 학교에서 쫓겨난 건 바로 너 때문이야. 내가 징을 쳤다는 걸
사람들한테 알린 것도 바로 너야. 난 어른들한테 잡혀가서 사흘이나
갇혀 있었어. 사람들이 발로 나를 찼다고!"

"어떻게 하려고 이러는 거야?"

"너도 갇혀서 굶어 봐. 이틀 후에 내가 데리러 올 테니까."

"아빠! 아빠!"

"어디 더 크게 소리 질러 보시지! 네 아빠가 들을 수 있게 말이야!"

똥그랗게 뜬 다거우의 눈에는 공포가 가득했다.

배는 갈대숲으로 더 깊이 들어가고 있었다. 멀리서 희미하게 사람
들의 고함 소리가 들려왔다.

"둑이 무너졌다!"

아추는 몸을 일으켜 사방을 둘러보았다. 하늘과 맞닿아 있는 저
쪽 강 끝에서 한 줄기 하얀 파도가 이쪽으로 밀려들고 있었다. 파도
가 배를 휩쓸었고 그 바람에 배가 몹시 흔들렸다.

다거우는 바닥에 납작 엎드려 벌벌 떨었다. 그 모습을 본 아추는
경멸하듯 흥 콧방귀를 뀌었다.

배는 밀려드는 파도에 또 몇십 미터를 떠내려간 후에야 빽빽한 갈
대숲에 막혀 멈춰 섰다. 아추는 뛰어내려 밧줄을 갈대 더미에 단단

히 댔다.

"둑이 무너져서 뱃머리를 돌리기 힘들겠다. 오늘 밤에는 너랑 같이 있어 줄 테니, 너, 운 좋은 줄 알아."

다거우는 갈대숲에 엎드린 채 쉬지 않고 울어 댔다. 그 소리는 아추의 신경을 긁었다.

마침내 화가 난 아추가 소리쳤다.

"너 계속 그렇게 징징 짜면 물속에 처넣을 거야!"

다거우는 더 이상 엉엉 울지는 않았지만 그래도 작은 소리로 계속 훌쩍거렸다.

다음 날 아침, 잠에서 깬 두 소년은 나룻배가 사라진 것을 알게 되었다. 밤새 물살에 쓸려가 버린 것이다.

아추는 넋이 빠진 표정으로 끝없이 펼쳐진 강물만 바라보았다. 다거우는 다시 온 힘을 다해 엉엉 울기 시작했다. 그리고 다 쉰 목소리로 엄마 아빠를 외쳐 불렀다. 그 소리는 정말로 처량했다. 아추는 갈대밭에 벌렁 누워 두 손으로 귀를 틀어막은 채 꼼짝도 하지 않았다.

얼마나 고함을 쳤을까. 땅바닥에 엎드린 다거우의 입에서는 더 이상 소리가 나오지 않았다. 하지만 다거우는 그래도 포기하지 않고 계속 꺽꺽거리며 엄마 아빠를 불렀다.

누워 있던 아추가 갑자기 벌떡 자리에서 일어나더니 다거우를 자기 쪽으로 돌려세웠다.

"어디 계속 소리쳐 보시지. 소리 질러 봐!"

다거우는 천천히 땅바닥에 엎어지며 절망이 가득한 눈길로 아추를 바라보았다.

아추는 아무 말 없이 갈대숲 쪽으로 걸어갔다. 그는 고개를 숙인 채 갈대 줄기를 하나씩 꺾어 묶음을 만들고, 다시 묶음을 모아 뭔가를 만들기 시작했다. 저물녘이 되자 황무지 갈대숲에는 작은 움막이 세워졌다.

사흘이 지났다.

그사이 그곳을 지나는 배는 한 척도 없었다.

아추와 다거우는 쓰디쓴 갈대 뿌리를 씹으며 하루하루를 보냈다. 핼쑥한 얼굴에 움푹 팬 두 눈만 보일 따름이었다. 벌어진 입 사이로 드러난 이가 굶주림으로 번뜩였다. 아추는 불안한 마음에 안절부절 못했다. 그에 비하면 다거우는 오히려 아무 소리 없이 가만히 앉아 있었다. 용기가 없는 다거우로서는 무슨 생각을 해 볼 엄두가 더 이상 나지 않았던 것이다.

"배다!"

아추가 소리쳤다.

누워 있던 다거우가 벌떡 일어났다. 멀리서 하얀 돛 하나가 물길을 가르며 다가오고 있었다. 아추와 다거우는 온 힘을 다해서 소리치기 시작했다. 하지만 굶주린 그들의 목소리는 너무나도 가냘팠다. 흰 돛이 점차 희미해지더니 마침내 더 이상 보이지 않게 되었다.

다거우는 온몸을 덜덜 떨기 시작했다. 그의 눈은 슬픔으로 가득 찼다.

"마을 사람들이 꼭 우리를 찾아낼 거야."

아득히 먼 곳을 바라보며 아추가 말했다.

"우릴 찾을 수 있을까? 정말로 우리를 찾아낼 수 있을까?"

다거우가 아추에게 몸을 기대며 이렇게 말했다.

"찾을 거야. 사람들이 꼭 우리를 찾아낼 거야."

다시 새벽녘, 아추가 다거우를 흔들어 깨웠다.

"들어 봐. 들어 보라니까."

멀리서 누군가 외치는 소리가 들려왔다. 그들은 엉금엉금 움막을 기어 나와 물가에 엎드려 가만히 귀를 기울였다.

"들리지? 사람들이 우리를 찾고 있잖아!"

흥분한 아추가 두 주먹을 불끈 쥐었다.

"다거우!"

소리는 점점 더 커졌다. 그 소리는 한 곳이 아니라 여러 곳에서 들려왔다.

"다거우!"

"다거우!"

사람들은 다거우만 찾고 있었다. 그 많은 목소리 가운데 아추를 부르는 소리는 하나도 없었다. 차가운 새벽 공기 속으로 '다거우'라는 소리만이 가득 퍼져 나갔다.

아추는 갑자기 정신이 아득해지는 걸 느꼈다. 그리고 갑자기 땅바닥에 쓰러져 버렸다. 아추가 안간힘을 다해 고개를 들었을 때에는 핏물과 흙탕물로 얼굴이 흥건했다.

다거우가 자리에서 일어나 사람들의 외침에 대답하려고 했다. 그런데 갑자기 아추가 달려들더니 그를 넘어뜨리는 것이 아닌가. 아추의 눈이 굶주림과 흉악함으로 번뜩였다. 그 모습은 그야말로 살벌했다.

"다거우!"

그 소리는 참으로 애절하여, 소리치는 사람의 눈동자에 가득 맺혀 있을 눈물방울이 눈앞에 보이는 듯했다.

아추는 거친 숨을 몰아쉬면서 계속 다거우를 내리눌렀다. 그러고는 갑자기 주먹으로 다거우의 얼굴을 후려치기 시작했다. 다거우는 두 눈을 꼭 감은 채 아무런 반항도 하지 않았다. 다거우는 아추의 주먹질을 온몸으로 받아들이며 가만히 누워 있었다. 두 줄기 눈물이 다거우의 눈가를 따라 땅바닥으로 흘러내렸다.

아추의 눈에도 눈물이 가득 고였다. 그는 다거우를 팽개치고 물러나 멀찌감치 떨어져 앉았다.

어느새 가을도 한창 무르익어 갈대숲은 누런빛으로 물들어 있었다. 잿빛 하늘 아래 갈대 씨가 여기저기를 떠돌며 흩날렸다. 하늘을 가르는 기러기 떼도 적막한 울음을 울고 있었다. 그들은 온 힘을 다해 남쪽으로 날아가고 있는 것이리라.

아추는 하늘을 바라보았다. 돌아갈 집 없는 기러기들을 바라보며 소리 없이 눈물을 떨구었다. 두 줄기 눈물이 뺨을 적시며 흘러내렸다.

다거우가 엉금엉금 기어오더니 아추 앞에 멈춰 섰다. 그는 아무 말 없이 한참 동안 아추의 얼굴을 바라보았다.

"아추 형!"

다거우는 외마디 소리를 지르고서는 이내 기절해 버렸다.

아추는 자리에서 일어나 갈대숲으로 걸어 들어갔다. 시간이 한참 지난 후에야 아추가 비틀거리며 다시 돌아왔다. 그의 옷은 날카로운 갈댓잎에 갈가리 찢겨 있었고, 얼굴과 손, 팔뚝에도 갈대에 긁힌 자국이 남아 있었다. 아추가 지나온 길에는 피로 물든 발자국이 선명하게 찍혀 있었다. 발바닥까지도 날카로운 갈대 줄기에 찔려 피가 흘렀다.

아추의 두 손에는 오리알이 들려 있었다. 아추는 다거우 곁에 앉아 오리알을 깨뜨렸다. 깨진 껍질 사이로 맑은 흰자와 태양 같은 노른자가 모습을 드러냈다. 아추는 혹시 한 방울이라도 흘릴까 봐 조심조심하며, 다거우의 입에 오리알을 넣어 주었다.

밤하늘은 맑았다. 푸른 별들이 띄엄띄엄 하늘에 박혀 있었다. 황금빛 활 같은 초승달이 하늘 천막 위에 비스듬히 걸려 있었다. 갈대숲 위로 은빛 물결이 춤을 추었다. 강가로 밀려드는 물결 소리도 참으로 맑았다.

두 아이는 여전히 갈대숲에 누워 있었다.

"너, 엄마 생각하냐?"

아추가 물었다. 그의 목소리는 냉랭했다.

다거우는 달을 쳐다보았다.

아추는 몸을 일으켜 앉더니 다거우에게 시선을 고정한 채 다시 물었다.

"사람들은 모두 내가 죽길 바라지, 그렇지?"

다거우는 여전히 달을 쳐다볼 따름이었다.

"그런 말 한 적 없어?"

다거우가 가만히 고개를 끄덕였다.

"거짓말!"

사방은 쥐 죽은 듯 고요했다.

들오리 한 마리가 달빛 속을 가르며 지나갔다. 아추는 들오리가 서쪽 갈대숲으로 들어가는 것을 가만히 지켜보았다.

날이 밝았다. 아추는 흐느적거리는 다리를 이끌고 갈대를 헤치며 서쪽 갈대숲으로 향했다.

살금살금 소리를 죽여 가며 큰 나무가 있는 곳까지 다다른 아추는 나무 뒤에 숨어 가만히 고개를 내밀었다. 마침 들오리 한 마리가 그에게 등을 돌린 채 풀숲에 앉아 알을 품고 있었다. 아추는 두 눈을 꼭 감았다. 몸이 말을 듣지 않고 덜덜 떨리기만 했다.

아추의 손에는 어디서 난 것인지 알 수 없는 숫돌 하나가 들려 있었다. 아마도 갈대를 베려고 이곳까지 들어왔던 사람이 떨어뜨린 모양이었다. 아추는 나뭇가지에 몸을 지탱하고서도 한참이 지나서야 겨우 일어설 수 있었다. 두 다리가 이리저리 비틀거렸다. 숫돌은 금방이라도 손에서 떨어져 버릴 것만 같았다. 몸뚱이 하나 제대로 건사하지 못하는 지경이면서도 날랜 들오리를 잡겠다니…….

아추는 자신이 없었다. 그는 소리를 치면서 오리에게 달려들고 싶다는 생각이 들었다. 하지만 그랬다가는 오리를 놓쳐 버릴 것이 뻔했다. 아추는 두 눈을 크게 뜨고 숫돌 든 손을 천천히 올렸다. 그러고는 들오리를 향해 힘껏 던졌다. 하지만 들오리를 죽이기에는 역부족이었다. 돌을 맞은 들오리는 큰 상처만 입은 채 수풀 속으로 달아났다.

아추는 그 자리에 주저앉고 말았다. 겨우 5미터 앞에서 피를 흘리며 서 있는 들오리를 두고서도 꼼짝달싹할 수가 없었다. 들오리는 잠깐 한숨을 돌리더니 이내 다시 달아나려고 했다.

아추가 몸을 일으켜 몇 걸음 달려 보았다. 손만 뻗으면 금방이라도 오리가 잡힐 것만 같았다. 하지만 아추는 몇 걸음 옮기지도 못하고 다시 쓰러져 버렸다.

이후에도 아추와 들오리는 그렇게 서로 쫓고 쫓기를 반복했다. 아추가 몇 걸음을 다가가면 들오리가 몇 걸음을 도망치고, 아추는 그 자리에 쓰러지곤 했다. 들오리도 기운이 빠지기는 마찬가지였다. 오리는 날개를 퍼덕이며 꽥꽥 슬프게 울어 댔다. 그렇게 쫓고 쫓기는 관계는 영원히 계속될 것만 같았다.

아이들의 움막이 있는 곳까지 온 들오리는 움막으로 기어올라 물속으로 뛰어들 생각이었다. 하지만 움막 안에 누워 있는 다거우를 보자 들오리는 또다시 방향을 바꿔 달아나기 시작했다.

"기다려. 내가 저놈을 꼭 잡아 올 테니까!"

움막까지 겨우 기어온 아추가 이젠 옴짝달싹도 하지 못하는 다거우에게 자신에 찬 미소를 지어 보이며 이렇게 말했다. 들오리를 쳐다보는 아추의 눈빛에는 살기가 가득했다.

다거우는 아추를 쳐다보았다. 아추는 들오리를 쫓아 갈대 수풀속으로 사라져 갔다.

들오리가 마침내 물로 뛰어들었다. 아추도 따라서 물로 들어갔다. 그러고는 점점 더 깊은 물속으로 잠겨 갔다.

마침내 마을 사람들이 다거우를 찾아냈다. 그는 겨우 숨이 붙어있는 상태였다. 정신이 들자 그는 사방을 두리번거렸다. 다거우는 아추를 찾고 있었다. "아추 형! 아추 형은요?" 하며 그는 늙은이처럼 중얼중얼, 횡설수설했다.

"내가 춥다고 하니까, 아추 형이 윗도리랑 조끼를 모두 벗어 줬어요."

다거우는 더 이상 눈물도 흐르지 않는 눈으로 멍하니 먼 곳을 바라보았다.

"아추 형은 떠났어요. 벌거벗은 채 가 버렸다고요……"

다거우는 혼잣말하듯 이렇게 말을 맺었다.

온 세상이 적막에 휩싸였다.

사람들은 아추를 찾아 나섰다.

"아추!"

"아추!"

"아추!"

"아추!"

아저씨들의 외침이, 아주머니들의 외침이, 노인들의 외침이, 아이들의 외침이 보름이 넘도록 근방 10여 리 물 위로 울려 퍼졌다.

물빛 세상에서 자라나는 아이들의 아름다운 성장기

농촌 풍경이라면 우리는 흔히 넓게 펼쳐진 황토빛 누런 들판을 떠올립니다. 그곳에는 농부와 누런 황소가 서 있을 수도 있고, 초가집 서너 채가 있을 수도 있습니다.

그러나 작가 차오원쉬엔이 그려 내는 중국의 농촌 풍경은 물빛 가득한 세상입니다. 갈대숲으로 둘러싸인 큰 강이 흐르고, 찰랑찰랑 물결치는 논이 펼쳐져 있습니다. 새벽이면 마을 전체가 강 안개에 휩싸이고, 봄에도 거센 비의 장막이 온 세상을 뒤덮습니다. 이는 차오원쉬엔이 자신의 고향 풍경을 작품에 담았기 때문입니다.

차오원쉬엔이 자란 고향은 곳곳에 강이 흐르는 물의 마을입니다. 버스 한 정거장 정도의 거리를 가려 해도 다리를 다섯 개나 건너야 할 만큼 강과 하천이 많은 곳입니다. 따라서 그곳에서는 배가 주요한 교통수단이었고, 어린 시절 차오원쉬엔도 노 젓기를 배워 배를 몰 수 있었다고 합니다.

차오원쉬엔은 이런 물빛 가득한 중국의 시골 마을에서 자라난 아이들의 성장 과정을 따스한 시선으로 그려 내는 데 탁월한 작가입니다. 이 책에 수록된 단편 소설 네 편 역시 물빛 세상을 배경으로 성장해 가는 아이들의 모습이 담겨 있습니다.

「빨간 호리병박」은 뉴뉴라는 소녀와 완이라는 소년의 우정을 다룬 작품입니다. 우리는 그들의 우정을 사랑이라고 말할 수도 있습니다. 뉴뉴가 완에게 관심을 갖고 친해지는 과정을 보면, 분명히 동성 간의 사귐과는 다른 설렘과 수줍음, 머뭇거림이 존재하기 때문입니다.

그런데 이 작품을 좀 더 세심하게 읽어 보면, 우리는 그것이 첫사랑에 관한 이야기에 그치지 않음을 알 수 있습니다. 그 가운데에는 참된 어른이 되는 과정에서 겪어야 할 아픈 성숙의 체험이 담겨 있습니다.

완은 아버지가 사기죄로 감옥에 있다는 사실 때문에 주변 사람들에게서 따돌림을 받습니다. 학교 친구들은 그와 놀아 주지 않고, 뉴뉴의 엄마도 그를 달가워하지 않습니다.

그러나 뉴뉴는 완이 사기꾼의 아들이라는 사실에 별로 신경 쓰지 않을 뿐만 아니라, 오히려 물속에서 자유롭게 헤엄치는 완의 모습에 매혹됩니다. 즉 뉴뉴는 주변 사람들이 갖고 있는 사회적 편견을 무시할 수 있었고, 그렇기 때문에 완과 친해질 수 있었습니다.

하지만 그렇다고 해서 뉴뉴가 사회적 편견으로부터 완전히 자유로웠던 것은 아닙니다. 완이 뉴뉴에게 수영을 가르쳐 주기 위해 극단적인 방법을 사용했을 때, 뉴뉴는 완에 대한 믿음을 상실하고 다른 사람들처럼 역시 사회적 편견에 사로잡힙니다. 오해의 소지가 생기자, 서슴없이 완을 그의 아빠와 같은 '사기꾼'이라고 단정해 버리는 것입니다.

뉴뉴에게서 '사기꾼'이라는 말을 들은 후 쉽게 자리를 떠나지 못하는 완의 모습을 통해, 우리는 가장 친한 친구에게서도 외면당한 완이 느꼈을 한없는 외로움을 생생하게 체험할 수 있습니다.

한편 뉴뉴는 외할머니의 어릴 적 이야기를 듣고 난 뒤, 비로소 완의 속마음을 이해하게 됩니다. 그리하여 뉴뉴는 헤엄칠 때의 안전 장치인 '빨간 호리병박'을 떼어 버린 채 혼자 힘으로 강을 헤엄쳐 건넙니다. 이제 다른 이에게 기대지 않고도, 그리고 '빨간 호리병박'에 의지하지 않고도 강을, 세상을, 헤쳐 나갈 수 있게 된 것입니다.

그렇게 만들어 준 것은 바로 완이었습니다. 그런 소중한 친구에게 한순간의 오해로 마음의 상처를 준 것을 뉴뉴는 미안해하면서 호리병박을 띄워 보냅니다. 호리병박을 보내는 뉴뉴의 마음은 그녀의 수영 실력처럼 조금은 자라 있을 것입니다.

「바다소」는 어려움을 헤치고 나가는 소년의 용기를 잘 보여 주는 작품입니다. 주인공 소년은 열다섯의 어린 나이임에도 집안의 가장 노릇을 하겠다고 결심하고, 스스로 자신의 인생을 선택합니다. 그가 남자 어른도 다루기 힘든 거친 바다소를 끌고 무사히 집으로 돌아올 수 있었던 것은 '할 수 있다'는 자신감과 도전 의식을 갖고 있었기 때문입니다. 그는 바다소의 사나움을 두려워하는 것이 아니라 도리어 그것을 좋아하며, 그것 때문에 굳이 바다소를 사고 싶어 합니다.

소년은 그런 소의 성깔이 좋았다. 흙탕물소는 마음에 들지 않았다. 흙탕물소는 쉽게 길이 들고, 사람들에게 업신여김을 당할 뿐만 아니라, 저런 성깔도 가지고 있지 않기 때문이다. 피가 줄줄 흘러내리고 있었지만, 소년은 신경 쓰지 않고 계속 소를 쫓았다. 피로 흥건하게 젖은 천 조각이 바람 속에서 펄럭, 펄럭, 펄럭거렸다. 그 소리는 열다섯 소년의 용기를 더욱 북돋워 주었다. 순간 소년은 자신이 대단히 멋진 사람처럼 생각되었다!

— 「바다소」 중에서

소년이 사는 농촌 마을에서 바다소는 힘이 약한 흙탕물소와는 달리 힘세고 일을 잘하기 때문에 더 귀하게 여겨지는 소입니다. 그런데 소년은 바다소가 단지 일을 잘하기 때문만이 아니라, 거친 성격을 지닌 자존심이 강한 존재이기 때문에 그를 더욱 좋아합니다. 그의 거친 성깔이 소년을 힘들게 하기는 하지만, 바로 그런 성깔 때문에 바다소가 더욱 사랑스럽다고 생각하는 것입니다.

소년이 그 거칠고 강인한 바다소를 사서 돌아오는 길, 소년은 용기를 잃지 않고 바다소를 정복하려 하고, 바다소는 소년에게 정복당하지 않으려고 몸부림을 칩니다. 아직 자신에게는 벅차기만 한 존재인 바다소. 포기할까, 계속 가야 할까 갈등하는 소년의 심리는 힘든 일에 부딪쳤을 때 나타나는 우리들의 심리를 그대로 보여 줍니다.

그러나 「바다소」가 더욱 의미 있는 것은 힘든 상황에서도 포기하지 않고 끊임없이 노력하는 소년의 의지와 용기 때문입니다. 인생을 살면서 누구나 한 번쯤은 바다소와 같이 자신이 감당하기 어려운 일에 부딪치게 마련입니다. 그럴 때면 힘들고 지나가기 어려운 걸림돌을 자신이 성장하는 데 필요한 아름다운 디딤돌로 만들었던 소년을 떠올려 보면 어떨까요.

「미꾸라지」는 나와 다른 처지에 있는 친구를 이해하고 받아들이면서 성장해 가는 아이들의 모습을 다룬 작품입니다.

겨울에서 봄으로 넘어가는 시기에 이 지방의 아이들은 물이 가득 찬 논에서 '캬'라는 도구로 미꾸라지를 잡습니다. 싼류와 스진쯔는 같은 논에서 미꾸라지를 잡지만 성격과 생김새는 정반대입니다. 스진쯔는 덩치가 크고 제멋대로인데 반해 싼류는 깡마른 데다 의기소침합니다.

스진쯔는 싼류를 무시하고, 싼류가 미꾸라지를 잡는 것까지 방해합니다. 그래서 둘은 서로 갈등하고 결국은 주먹다짐까지 하게 됩니다.

그러나 다른 사람의 입장은 생각하지 않고 자기 마음대로 행동하던 스진쯔는 자신과 다투고 난 후 울고 있는 싼류와 완을 보고 그들의 외로움과 아픔을 조금이나마 알게 됩니다. 그러고는 자신의 행동을 반성하고 싼류와 점점 가까워집니다.

싼류와 스진쯔는 친해지면서 서로를 이해하고 서로 닮아 갑니다.

거칠었던 스진쯔가 부드럽게 변하고, 의기소침했던 싼류가 밝은 아이로 변해 가는 것처럼 말입니다. 자신과 다른 사람에게 무관심하고 배척하는 것이 아니라 서로 이해하려고 노력하면 자신까지도 변할 수 있게 됩니다. 그리고 다름을 껴안는 사이 한 뼘 더 성장해 있는 자신을 발견하게 될 것입니다.

「아추」는 어린 시절의 상처로 인해 외롭고 혹독한 성장기를 보내는 소년의 이야기입니다. 주인공 아추는 우리 주변에서 흔히 볼 수 있는 문제아입니다. 그러나 작가 차오원쉬엔은 왜 아추가 문제아가 될 수밖에 없었는지를 보여 줍니다. 아추의 부모님이 익사했음에도 혼자 살아남은 것을 자랑삼아 떠벌리는 다거우의 아버지, 그 옆에서 맞장구를 치는 마을 사람들의 모습은 아추에게 큰 상처를 남깁니다. 그리고 그 상처는 아추를 문제아로 만듭니다.

다시 말해, 작가 차오원쉬엔은 사회적 편견이 아닌 아추의 입장에서부터 이야기를 시작합니다. 그럼으로써 우리는 아추를 단순한 문제아가 아니라, 내면에 깊은 상처를 지닌 한 인간으로 바라볼 수 있게 되는 것입니다.

물론 그렇다고 해서, 차오원쉬엔이 아추가 하는 모든 행동을 옳은 것처럼 그려 내는 것은 아닙니다. 한 인간의 깊은 상처를 이해하는 것과 그의 악행을 묵인하는 것은 전혀 다른 문제이기 때문입니다. 불쌍한 처지에 있다는 이유로 악행을 묵인해 주는 것은 오히려 그를 더 나쁜 길로 빠져들게 할 수 있습니다.

아추는 마을 사람들의 무관심 속에서 점점 더 문제아가 되어 갔습니다. 그는 너무나도 외로웠습니다. 주변에 아추의 마음을 이해해 주는 사람은 아무도 없었습니다.

아추와 다거우가 사라진 지 사흘째 되던 날, 마침내 마을 사람들이 그들이 있는 곳에 이르게 되었습니다. 하지만 모두들 다거우만 애타게 찾을 뿐, 아추를 찾는 사람은 단 한 사람도 없었습니다. 그때 아추는 화가 나서 다거우를 마구 때립니다. 아추가 왜 계속 삐뚤어진 행동을 하는지 이해할 수 있게 되는 대목입니다. 사람들의 무관심, 그것이 바로 아추로 하여금 점점 더 불량한 소년이 되도록 만들었던 것입니다.

그 순간 다거우도 아추의 마음을 이해하게 됩니다. 그래서 아추가 때리는데도 다거우는 전혀 반항하지 않고 소리를 지르지도 않습니다. 아추의 심정을 이해하는 다거우의 마음이 아추에게도 전달된 것일까요? 그 후 아추는 온갖 상처를 입으면서도 다거우를 위해 먹을 것을 구해다 줍니다. 그리고 들오리를 잡으려다 마침내 물에 빠지고 맙니다.

다거우는 구조되자마자 아추부터 찾습니다. 그리고 사람들에게 아추가 자신을 위해 얼마나 애썼는가를 말해 주려고 합니다. 아추의 일생 동안 그의 외로움과 고통을 진정으로 이해해 준 것은 다거우뿐인 것입니다. 그리고 세상을 미워했던 아추의 진짜 마음은 오히려 자신의 마음을 이해받고 싶어 하고, 사람 사이의 정을 그리워했던 것입니다.

차오원쉬엔은 중국 남쪽 지방의 아름다운 물빛 세상을 배경으로 자기 나름의 고민과 아픔을 겪으며 성장하는 아이들의 모습을 따뜻한 시선으로 그려 내고 있습니다. 사람들이 문제아라 칭하는 아이들조차 그의 눈에는 여린 마음을 지닌 소년일 뿐입니다. 다른 환경에 놓여 있는 아이들의 마음을 이해하고 감싸 안아 주는 작가의 마음이 작품 곳곳에서 묻어나고 있습니다. 어쩌면 작가도 주인공들과 같은 시절을 겪어 왔기 때문에 가능한 일일지도 모릅니다.

작품 속 주인공들의 이야기가 단지 다른 나라 아이들의 이야기만은 아닙니다. 어쩌면 주인공들의 모습에서 자신의 모습을 발견할 수 있을지도 모릅니다. 우리도 그들처럼 고민하고 아파하면서 세상을 배워 나가고 성장하고 있으니까요.

양태은

바다소

개정판 1쇄 발행 2018년 6월 10일
개정판 6쇄 발행 2024년 11월 28일

지은이 차오원쉬엔
옮긴이 양태은

편집장 천미진
편 집 최지우, 김현희
디자인 최윤정
마케팅 한소정
경영지원 한지영

펴낸이 한혁수
펴낸곳 도서출판 다림
등 록 1997. 8. 1. 제1-2209호
주 소 07228 서울시 영등포구 영신로 220 KnK 디지털타워 1102호
전 화 02-538-2913 **팩 스** 070-4275-1693
블로그 blog.naver.com/darimbooks
다림 카페 cafe.naver.com/darimbooks
전자 우편 darimbooks@hanmail.net

ISBN 978-89-6177-168-9 (43820)

• 이 책 내용의 일부 또는 전부를 사용하려면 반드시 저작권자와 도서출판 다림의 서면 동의를 받아야 합니다.
• 책값은 뒤표지에 있습니다.
• 다림세계문학(초판 2005년 6월 15일)으로 간행되었던 것을 새로 펴냈습니다.

「이 도서의 국립중앙도서관 출판예정도서목록(CIP)은 서지정보유통지원시스템 홈페이지(http://seoji.nl.go.kr)와 국가자료공동목록시스템(http://www.nl.go.kr/kolisnet)에서 이용하실 수 있습니다.(CIP제어번호: CIP2018013943)」